www.tredition.de

AF198320

Heinrich Voosen

Meine Reise in die Vergangenheit

© 2015 Heinrich Voosen

Verlag: tredition GmbH, Hamburg

ISBN
Paperback: 978-3-7345-0189-0

Printed in Germany

Inhaltsverzeichnis

1

Es war vor einigen Jahren im Frühling. Ich war derzeit auf der Suche nach einem Reiseziel für meinen bevorstehenden Sommerurlaub. Eine zeitraubende Angelegenheit, denn ich hatte eigentlich noch keine Vorstellung von dem, was ich eigentlich unternehmen wollte oder könnte.

Einpaar Kataloge hatte ich bereits flüchtig durchblättert, als ich auf eine scheinbar interessante Anzeige eines Hotels auf Mauritius aufmerksam wurde. Festlegen wollte ich mich dennoch nicht sogleich, denn alles in allem, würde dieses Projekt meine finanziellen Mittel etwas abschlaffen. So konzentrierte ich mich zunächst noch auf ähnliche Urlaubsziele.

Währenddessen erinnerte ich mich an einen jungen Mann, namens Robert, den ich vor längerer Zeit einmal getroffen hatte. Wir waren damals gute Freunde geworden, trafen uns regelmäßig, lehrten auch gemeinsam einige Humpen und unterhielten uns über seine Heimat, die Insel Mauritius. Soweit ich mich erinnern konnte, war er dort unten, als Helikoptermechaniker angestellt und nur für einpaar Monate in Frankreich zur Weiterbildung, bei Dassault.

Es könnte interessant sein, wenn ich ihn ausfindig machen könnte, dachte ich. Nur wie? Ich konnte mich nur an seinen Vornahmen erinnern. Dennoch entschied ich mich, es jedenfalls zu versuchen.

Meine ersten Bemühungen verliefen im Sand. Doch dann bekam ich einen Tipp: Ich sollte es doch mal bei der „Mobil Force" auf Mauritius versuchen. Mein Informant, ein Angestellter bei Dassault, mit welchem Robert damals gearbeitet hatte und sich noch gut an ihn erinnerte. Roberts Privatadresse oder Telefonnummer hatte er zwar nicht, jedoch konnte er mir die zuständige Rufnummer der „Mobil Force" übermitteln. Ich versuchte sogleich dort anzurufen, doch in der Aufregung hatte ich nicht an die Zeitverschiebung gedacht. Robert hatte bereits seit Stunden Feierabend gemacht und seine Privatnummer konnte, oder wollte man mir nicht mitteilen.

Am nächsten Morgen, nachdem ich mich zunächst mit der Uhrzeit auf Mauritius vertraut gemacht hatte, versuchte ich erneut ihn zu erreichen. Und diesmal hatte ich Erfolg.

Robert war überrascht, doch an seiner Stimme erkannte ich, dass er erfreute war, von mir zu hören. Er sagte mir, dass er noch oft an unsere gemeinschaftlichen Abende gedacht habe.

Wir unterhielten uns eine Weile und schon stand mein Reiseziel fest. Er meinte, ich sollte es doch unterlassen ein teueres Hotel zu buchen, denn ich könnte ohne Probleme meinen Urlaub bei ihm privat verbringen.

Eine Woche später konnte ich ihm bereits meine genaue Ankunftszeit übermitteln und wir einigten uns über alles Weitere.

Am Spätnachmittag des zweiten Juli 1984 trat ich dann die Reise am Flughafen, *Orly*, mit einer 747 der Fluggesellschaft, „*Air France*", an. Jedoch bevor die wesentlich große Reise begann, stand bereits, nach einer guten Stunde Flug, noch ein kurzer Zwischenstopp in Marseille auf dem Plan. Während einige Passagiere von Bord gingen und andere einstiegen, wurde die Maschine für den langen Nachtflug vorbereitet.

Als wir dann endlich unsere Flughöhe erreicht hatten und das Abendbrot eingenommen hatten, war es bereits dunkel geworden.

In den Achtzigern gab es diese individuellen Displays in den Flugzeugen noch nicht, und an jenem Abend, lief ein eher langweiliger und zudem, bereits gesehener Streifen auf dem kollektiven Bildschirm.

Ich musste wohl eingeschlafen sein und, so schien es zumindest, sogar die ganze Nacht durch gepennt haben. Als ich aufwachte und einen Blick hinaus warf, konnte man schon die ersten Anzeichen des jungen Tages am Horizont erkennen. Auch die Flugbegleiterinnen waren bereits aktiv. Soviel ich erkennen konnte, bereitete man das Frühstück vor.

Wenig später war es so weit hell geworden, dass man zwischen einigen Quellwolken, die tief unter uns schwebten, die scheinbar ruhige See erblicken konnte.

Nach einer kurzen, technisch bedingten Zwischenlandung auf dem Flughafen von Nairobi, ging die Reise weiter. Unser nächstes Ziel: die Insel „*La Reunion*".

Meines Erachtens nach, hatte ich die Reise gut vorbereitet und reichlich Informationen gesammelt. Eine schlichte Berechnung ergab, dass wir bis Mauritius, doch immerhin noch fünf Stunden Flug vor uns hatten.

Kaum eine halbe Stunde, nachdem wir vom Flughafen, *Saint Gillot*, aufgestiegen waren, erklang bereits das charakteristische, „Bing" aus den Lautsprechern, gefolgt von der Ansage: „mesdames et messieurs, veuillez attacher vos ceintures …".

Die Mehrzahl der Passagiere waren bei der vorletzten Etappe ausgestiegen und die meisten Sitzplätze, waren bereits lehr, als wir den Flughafen „*Plaisance*" auf Mauritius anflogen.

Fasziniert und gleichzeitig irgendwie angespannt starrte ich hinaus auf die Landschaft, die noch tief unter uns langsam vorbeizog.

Einige kleine schneeweiße Wölkchen schienen plötzlich zu uns hinaufzusteigen, dann tauchten wir in einen dichten Nebel ein und an den Winglets schienen sich wie weiße Fähnchen zu bilden. Nur einige Sekunden, dann war wieder klare Sicht. Bald hatte man den Eindruck, immer schneller über die Zuckerrohr Plantagen hinweg zu gleiten und wenig später setzte die Maschine auf. Wir hatten unser Ziel erreicht.

Ich zählte nicht zu denen die in ihren Taschen eine Reservierung für den *Klub Med*, den *Saint Geran, la Pirogue, le Chaland* oder ein anderes dieser luxuriösen Hotels, mit sich trugen. Dennoch war ich kein Einwohner der Insel. Besser noch, ich würde sogar in wenigen Minuten, zum ersten Mal meine Füße auf diesen Boden setzen.

Nur hoffte ich, dass draußen zumindest, die einzige Person die ich dort kannte, mich in Empfang nehmen würde. Außerdem hoffte ich, dass ich dank Robert, einiges sehen und erleben würde, wovon meine Reisegenossen nur träumen konnten.

Meine Besorgnisse, dass mein alter Bekannter mich vergessen haben könnte, schwanden jedoch augenblicklich, als ich ihn laut rufend auf mich zukommen sah. Er war sogar nicht alleine gekommen! Noch einpaar seiner Freunde, die er mir gleich vorstellte, hatten ihn begleitet. Auch diese, mir noch absolut Unbekannte junge Männer, begrüßten mich und hießen mich herzlich willkommen wie alte Freunde.

So begann für mich die Entdeckungsreise auf diesem wunderschönen Fleckchen Erde, ein winzig kleiner Punkt, inmitten des Indischen Ozeans, auch genannt: *La perle de l'Océan Indien.*

Nur einpaar Tage nach meiner Ankunft, stellte ich fest, verwundert über mich selbst, mit welcher Mühelosigkeit ich mich an diesen unbekannten und ungewohnten Rhythmus und Lebensstil bereits angepasst hatte.

Alles tat sich spürbar entspannter. Zunächst hatte ich noch einige Schwierigkeiten ihre Sprache zu verstehen, doch selbst auf diesem Gebiet machte ich schnelle Fortschritte, dank der Hilfe aller die mich umgaben. Auf Mauritius spricht man eine auf französisch basierte Sprache, das *Morisyen*, eine Kreolsprache. Alle Einheimischen sprechen diese Mundart, unabhängig von ihrer Herkunft und Muttersprache. Eigentlich ist es ein sehr vereinfachtes, mehr oder weniger abgezwicktes Französisch. Die Schwierigkeit, für mich persönlich, zu Anbeginn ein Gespräch zu verfolgen, lag an der Aussprache vieler Wörter, aber auch daran, dass im algemeinen schnell gesprochen wird.

Auch die legendäre Hospitalität dieser Menschen bestätigte sich rasch. In kürzester Zeit hatte meine Anwesenheit bei Robert, in seinem Bekanntenkreis, die Runde gemacht.

Im Verlauf einer unserer feucht fröhlichen Versammlungen hatte ich, ohne Hintergedanken, mein Interesse für alte Sitten und Gebräuche sowie für die Daseinsformen, der weniger favorisierten erwähnt.

Bereits am darauf folgenden Tag wurde mir klar, dass mein abgeleierter Vortrag, welcher sonst wo, mit Sicherheit, unbeachtet verklungen wäre, dort hingegen, nicht in die Horcher Schwerhöriger gedrungen war.

Robert verkündete mir, dass er in Aussicht gestellt habe mich zu einem kleinen *pic-nic* am Strand, in der Gegend von *Blue Baye,* einzuladen.

Es war bereits alles geplant, nur fehlte uns noch das unentbehrliche Transportmittel. Er selbst besaß kein Fahrzeug, und da er während seines Urlaubs seinen Dienstwagen nicht zur Verfügung hatte, musste er eine andere Lösung finden. Doch auch dieses Problem versuchte er noch, irgendwie zu lösen.

Bereits am nächsten Tag verkündete er mir freudestrahlend, dass einer seiner Freunde ein Automobil besäße, welches dieser aber momentan nicht benutze. Er würde es uns gerne zur Verfügung stellen, unter der Bedingung, dass wir den nötigen Brennstoff mitbrächten.

Wir erschienen frühzeitig bei Roberts Freund und erkannten schon von Weitem, neben seiner, aus meiner Sicht, eher klägliche Behausung, ein Gefährt, welches irgendwie einem Automobil ähnelte. Als wir näherkamen, definierten wir den Schrotthaufen als einen uralten, *Morris minor*. Auf Mauritius nannte man dieses Gefährt: „*en Morris Bef*".

Die beiden Seitenscheiben der Türen existierten nicht mehr, aber vielleicht hatten sie sich ja nur gelöst und waren in die Tür hineingefallen. Was auch mit ihnen geschehen war, wir konnten nichts daran ändern. Nur zu versuchen sie hoch zu kurbeln konnten wir ebenfalls vergessen, denn dieses System existierte scheinbar nicht mehr.

Hätten wir nicht zufällig ein passendes Stück Blech gefunden, dann hätten wir sogar bei der Fahrt, die Straße unter uns bewundern können. Vorausgesetzt, dass es überhaupt zu einer Fahrt kommen würde. Die Wetterlage war allerdings günstig und daher bedeuteten diese minderen Schönheitsfehler, eigentlich keine Behinderung für unser Projekt.

Wir lehrten unseren Brennstoffkanister in den Tank und machten einen schüchternen Versuch, jenes Teil, welches man im Allgemeinen als Motor bezeichnet, aus dem Koma zu erwecken.

Doch nichts geschah. Die Batterie war leer!

Zunächst waren wir zu dritt, uns fieberhaft um die gloriose Mechanik zu sorgen, übrigens ohne Erfolg. Aber wer hätte das gedacht, nur einige Minuten später, liefen bereits sieben lustige Gesellen umher. Die Darbietung wäre perfekt gewesen, hätte man noch, „ringel ringel Rose", gesungen.

Man kurbelte und fummelte bis zum Schlappmachen, doch nichts tat sich.

„Ich versteh das nicht!" Fauchte der Eigentümer. „Vor Kurzem hat er noch gedreht. Es sind nicht mehr als fünf oder sechs Monate hehr!"

„Es ist nichts zu machen, wir müssen wohl schieben!"

„Was soll's, wir sind ja mannstark! Versuchen wirs auf diese Weise."

„Moment mal …, hast du wenigstens die Zündkerzen geputzt?", fragte einer aus dem Hintergrund.

„Na klar! Ich bin doch nicht blöd! Ich wusste ja, dass die beiden heute kommen würden. Gestern hab ich noch alles geputzt, Öl und Wasser nachgefüllt …, ich versteh das einfach nicht!"

„Na also …, dann muss die Karre doch anspringen! Mach die Handbremse los, wir schieben ihn schon mal bis da vorne auf den Weg."

„Handbremse …? Ist nicht notwendig. Die funktioniert sowieso nicht!"

Was mir etwas Kummer bereitete war, dass man mich einstimmig zum Fahrer ernannte und, dass mit einem Fahrzeug an dem, weiß Gott, noch alles nicht funktionsfähig war. Außerdem waren

Rechtssteuerung und Linksverkehr für mich noch gewöhnungs-bedürftig.

Dies zum Trotz setzte ich mich ans Steuer und stellte fest, sobald sich alle Mann ans Werk machten, dass das Gefährt zumindest doch noch mobil war. Ob es nun auch noch „automobil" war, stand allerdings noch in den Sternen.

Man schob mich vom Gelände bis zum schmalen abschüssigen Weg, dann angetrieben von einer verbissenen Clique, ging es hinunter ins Tal. Plötzlich hörte ich einen lauten Knall, gefolgt von Geschrei und die Fahrt war augenblicklich zu Ende.

Als ich ausstieg, sah ich noch eine sich auflösende, blaue Rauchwolke und einer der Kameraden schreiend, auf einem Bein herumhüpfen.

„Ajo Mamaaa ..., di Fe, di Fe!! Mo brile mo la Sam ! "Die Übersetzung könnte lauten: „Das Feuer, das Feuer!", oder auch: „Es brennt, es brennt! "Ich habe mir das Bein verbrannt!"

Abgesehen von diesem Unheil, war es doch ein gutes Zeichen.

Benzindämpfe hatten sich wahrscheinlich im Schalldämpfer angesammelt und durch eine Fehlzündung, schlagartig entflammt.

„Bist du verwundet, Jaques?"

„Nein, nein ...! Es ist nichts, ich hab nur einen Schlag Hitze aufs Bein bekommen ...! Paaapa!! Nichts Schlimmes.

Er wollte anspringen, sag ich euch! Beim nächsten Mal klappt's!"

Dieser Schuss ins Leere war in der Tat das erste Lebenszeichen unserer Karosse und es dämmerte endlich ein Hoffnungsschimmer, dass es doch noch gelingen würde, uns bis zum Strand zu transportieren.

Doch gleichzeitig waren wir am Fuße der Anhöhe angekommen und mussten demzufolge unsere mobile Masse wieder nach oben schaffen.

Ich weiß nicht, wann und woher die Verstärkung gekommen war, denn erst als unser Gefährt wieder oben stand, bemerkte ich, dass wir nun statt sieben, neun da standen. Es lag wohl an der Solidarität und natürlichen Hilfsbereitschaft dieser Menschen, denn meines Wissens nach, hatte keiner von uns jemand zu Hilfe gerufen.

Kaum hatte man begonnen mich zum zweiten Mal den Hang hinunter zu schieben, begann es unter der Haube zu knattern und blauer Rauch stieg auf; und dieser kam nicht nur aus dem Auspuffrohr. In wenigen Sekunden war ich holotisch eingehüllt und sah nur noch nebelhafte Gestallten, jubelnd, neben mir herlaufen.

Ich pumpte, meinerseits, wie wahnsinnig mit dem Gaspedal, um das noch unkoordinierte Geratter der alten Mühle zu aktivieren. Nur wenige Minuten später begann der Motor, verhältnismäßig normal zu drehen und auch der Rauch verflüchtigte sich langsam.

Es war kurz vor Mittag, als wir uns endlich, auf den Weg in Richtung *Blue Baye* machten. Im Gegensatz zu unseren Befürchtungen erreichten wir unser Ziel ohne weiteren Zwischenfall und verbrachten einen unvergesslichen Nachmittag.

Als wir uns entschieden die Heimreise anzutreten, fanden wir allerdings eine kleine Überraschung vor, denn unser Fahrzeug befand sich in einer leichten Schieflage. Auf den ersten Blick vermuteten wir, dass eines der Vorderräder in den Sand eingesunken sei, doch bei näherem Hinsehen stellten wir fest, dass der Luftdruck entwichen war.

An der Stelle im Fahrzeug, die man zu früheren Zeiten mal, noch als Kofferraum bezeichnen konnte, würden wir vielleicht alles Notwendige finden, um den Schaden zu beheben. So dachten wir jedenfalls und so schien es auch zunächst. Doch hatten wir ein kleines Problem, als wir versuchten, den Wagen anzuheben. Wir kurbelten nämlich unsere Winde, tiefer und tiefer in den weichen Sand hinein. Allem Anschein nach hatte Robert nicht mehr Erfahrung als ich selbst mit Reifenwechsel am Strand.

Wir benötigten unbedingt eine stabile Unterlage.

Während Robert in der näheren Umgebung nach einem passenden Stein oder Gehölz suchte, fiel mir plötzlich ein, dass ich eben, beim hervorkramen des Wagenhebers, etwas gesehen hatte, das uns vielleicht weiterhelfen könnte. So räumte ich hastig den herumliegenden Schrott zur Seite und, siehe da, es kam eine schöne, säuberlich zurechtgeschnittene Holzplatte zum Vorschein. Sogleich vermutete ich, dass dieses Teil, eigens für ähnliche Situationen angefertigt worden sein könnte.

Ich rief Robert zu, dass er seine Suche einstellen könne. Alles, was er gefunden hatte, war ein Stein. Sein Fundstück war jedoch nicht besonders flach, und es bestand die Gefahr, dass der Wagenheber abrutschen könnte. Wir waren uns einig, dass meine Errungenschaft doch die sicherere Variante sei. Nach einigem Hin und Hehr hatten wir es geschafft und wir konnten endlich die Heimreise antreten.

Ungefähr auf halbem Wege, wir hatten soeben ein kleines „Dorf" durchfahren, jedenfalls hatte ich es, im Vorbeifahren, als solches beurteilt. Eigentlich waren es nur vier oder fünf, nicht einmal beachtliche Bauten aus Holz und Wellblech.

Plötzlich bemerkte ich ein gewisses Ruckeln und Ziehen in der Lenkung. Wir hielten an, stiegen aus und sahen sogleich, dass nun das andere Vorderrad, sozusagen auf der Felge stand.

Was nun? Unser Reserverad war ja auch im Eimer. Die ganze Geschichte begann mir, so langsam den letzten Nerv zu rauben.

„Verdammter Mist ..."! Begann ich zu fluchen. „Hätten wir doch die Karre da stehen lassen, wo sie stand!"

„Wieso ..."? Meinte Robert ganz gelassen. „Wir haben doch einen ganz interessanten Tag verbracht."

„Ich verstehe euch nicht! Denk doch mal nach, Robert. Was haben wir nicht an Zeit verloren mit diesem Schrotthaufen!"

„Die Zeit, die Zeit ...! Ihr Europäer mit eurer Zeit."

Wir rollten unsere beiden Räder vor uns hehr, zurück zu den Behausungen und wollten uns gerade erkundigen, als bereits ein kleiner, graubärtiger Mann, von der anderen Straßenseite uns zurief:

„Platt gefahren?!" Rief er in ihrer Sprache. „Kommt rüber, mal sehen, was sich machen lässt!"

Im Innern hantierten zwei jüngere Männer, aus meiner Sicht, in einem unbeschreiblichen Kafarnaum: In jeder Ecke häuften sich, altes Eisen, Bleche, Autoreifen ...!

Einer war scheinbar damit beschäftigt, den Henkel eines Kochtopfes zu reparieren. Der zweite fummelte an einem Moped, das mindestens aus dem gleichen Zeitalter stammte, als das unseres, zur Zeit nicht einmal mobilen Automobils. Man begutachtete unsere Räder und ich dachte gleich, dass da wohl einpaar, neue, zumindest einpaar bessere, Reifen fällig wären. Bei uns in Frankreich wären wir unverzüglich und allerseits zur Kasse gebeten worden. Doch der Alte meinte nur:

„Ist ja nicht mehr viel drauf, geht aber noch."

In diesem „Betrieb" hingegen machte man sich sogleich ans Werk, uns eher aus der Patsche zu helfen. Mit einem zurechtgeschnittenen Teil aus einem alten Luftschlauch und etwas Leim waren beide Reifen bald wieder einsatzbereit. Was Kompressor und andersartig moderne Ausrüstung anging, war Fehlanzeige. Es wurde von Hand gepumpt, was das Zeug hielt und der Druck war sogar, schätzungsweise, in Ordnung. Zudem wurden hier Scheinbar auch die Kosten pauschal berechnet. Es wurde eigentlich nicht darüber diskutiert. Robert drückte unserem Helfer in der Not, einen Schein in die Hand und die Sache war erledigt.

Der Alte freute sich sichtbar, über einpaar *Rupien* und wir konnten unsere Heimreise wenig später fortsetzen.

2

Dies war mein erstes Abenteuer auf der Insel und dergleichen, habe ich noch einige während meines Aufenthaltes erlebt. Erst später, wenn ich mich manchmal wehmütig an diese Eskapaden erinnere, kommt mir noch heute der Gedanke, wie oft man wohl, bei uns in Europa, an solchen Tagen, fluchend auf die Uhr schauen würde.

An jenem Abend, den ich bei meinem Freund Robert verbrachte, wurde kein Wort mehr über die Schwierigkeiten, die Anstrengungen und den Zeitverlust während des Tages gesprochen. Dergleichen Umstände waren scheinbar kein Anlass zur Aufregung. Die Devise dort unten war eher: Zeit ist nicht gleich Geld.

Später am Abend, nach dem Abendbrot, als wir draußen um einen kleinen, runden Tisch platzgenommen hatten, auf welchem unsere schlichten Becher und eine Flasche Zuckerrohrschnaps standen, machte mich Robert mit seinem neuen Projekt vertraut.

Ich merkte gleich, dass er dieses Vorhaben bereits seit einigen Tagen vorbereitete, selbst wenn er es, bis dahin, auch noch nicht einmal ansatzweise erwähnt hatte.

Er sagte mir, dass jemand aus seinen Bekanntenkreisen, ein älterer Mann, mit Sicherheit erfreut wäre, mich kennenzulernen.

Robert erklärte mir, dass es sich um eine Person mit indischer Abstammung handele, welche man allgemein, als *Indo-Mauricien*, bezeichnete.

Dieser Mann lebte mit seiner Frau und ihrer jungen Tochter, noch eher etwas abseits der moderneren Generation. Er meinte, dass deren Lebensweise mich wahrscheinlich interessieren würde.

Wenn es denn so wäre, dann könnte er sich mit seinem Bekannten in Verbindung setzen und alles in die Wege leiten.

„Was meinst du?" Fragte er mich.

„Robert …! Mann, das wäre eine tolle Sache, wenn du das organisieren könntest!"

„Ich dachte, so könntest du dir ein Bild davon machen, wie diese Menschen auch heutzutage noch leben. Allerdings müssten wir uns erkenntlich zeigen. Diese Leute sind arm wie Job, aber du wirst staunen, wie man uns empfangen wird!"

„Selbstverständlich! Frag ihn, wie viel er haben will. Ich bin dabei!"

„Mein lieber Freund, da musst du schon aus eigenem Ermessen handeln. Ihn nach einem Preis zu fragen wäre eine Beleidigung."

„Na, wenn das so ist, keine Sorge, dann werde ich das eben diskret erledigen. Jedenfalls bin ich dabei. Nur könntest du mir vielleicht einen Anhaltspunkt geben. Ich habe doch noch nicht so viel Erfahrung mit euerer Währung und was man hier so anbieten könnte. Ich dachte so an fünfzig Francs, oder hundert vielleicht. Was meinst du?"

„Lass mich mal kurz nachrechnen …, Mann, Mann! Ziemlich freigebig finde ich."

„Wieso? Das ist mir die Sache, nun mal wehrt."

„Mein lieber Freund, das wird er niemals annehmen. Du kannst dir gar nicht vorstellen, was das für den Mann bedeutet."

„Wenn es so ist, dann werde ich ihm einen kleingefalteten Fünfzig Francs Schein beim Abschied in die Hand drücken. So kann er es nicht gleich beurteilen."

„Gute Idee! So wird er deine Gabe erst erkennen, wenn er den Schein einlöst."

Ich konnte es Robert nicht übel nehmen, dass er bislang noch an meinem reellen Interesse für sein Projekt gezweifelt hatte. Ich muss gestehen, dass an jenem Abend, an dem ich hoch und heilig meine Achtsamkeit an derartigen Begegnungen proklamierte. Die Männergetränke des Landes hatten nämlich meine natürlichen Allüren bereits aufrichtig untergraben. Das mussten alle Anwesenden und auch Robert bemerkt haben.

Wie hätte ich ein derartiges Angebot abschlagen können; wie hätte ich diese, wahrscheinlich einmalige Gelegenheit nicht wahrnehmen können.

In dem Augenblick als Robert die Bezeichnung, *Indo-Mauricien*, erwähnte, erfasste mich eine mächtige Faszination. Indien bedeutete für mich Geheimnis, Zauber. Ich sah Szenen aus tausendundeiner Nacht; prachtvolle Paläste …! Ich dachte in dem Augenblick nicht daran, dass die Familie des Mannes, den Robert mir vorschlug zu besuchen, seit Generationen, auf der Insel ansässig waren und, dass der Mann selbst, vielleicht nie den indischen Boden betreten hatte.

Nur zwei Tage später überbrachte mir Robert die Nachricht, dass sein bekannter, den er *Obadhia* nannte, sich doch bereit erklärt hatte uns zu empfangen. Zunächst hatte er sich eher zurückhaltend gezeigt, mit der Begründung, dass seine Situation und sein bescheidenes Heim, wohl kaum würdig seien, Besuch, einer *Gesellschaft von auswärts*, wie er sich wörtlich geäußert hatte, zu empfangen.

Erst nachdem Robert klargestellt hatte, dass nur er selbst mit einem Freund kommen würde, hatte Obadhia, doch zugesagt.

Am Nachmittag des mit ihm vereinbarten Tages borgten wir uns wieder einmal unseren geschätzten *Morris Bef* aus. Die Ballade zum Strand hatte der betagten Mechanik scheinbar, zumindest einiges, aus seiner glorreichen Jugendzeit wiedergebracht. Gleich bei der ersten Kurbelumdrehung begann er fröhlich, wie ein ausgewachsener Storch, zu klappern.

Eine knappe Stunde später erreichten wir ein kleines Dörfchen an der Westküste. Noch außerhalb dieses Ortes, in einem fast vergessenen Winkel, am Fuße eines bewaldeten Hanges, war es, wo Obadhia mit seiner kleinen Familie lebte.

Ich konnte nur Roberts Anweisungen folgen, und nachdem wir noch etwa hundert Meter einem schmalen Weg entlang geholpert waren, machten wir Halt.

Außer einem schmalen Fernblick, war rundum nur wild wuchernde Vegetation zu erkennen, doch dann bemerkte ich einen kaum erkennbaren Fußpfad. Von einer Behausung war allerdings nichts zu sehen. Robert erklärte mir, das Obadhias Heimwesen einige Meter, dem Pfand entlang, inmitten dieser Bewaldung läge.

Als verantwortlicher Fahrer versuchte ich die Türen des Wagens zu verriegeln, übrigens ohne erfolg. Robert lachte, öffnete die Motorhaube und entnahm kurzerhand den Rotor aus dem Zündverteiler.

„So macht man das bei uns!" Sagte er, indem er mir das Teil in die Hand drückte." Wenn du wirklich Angst hast, dass man uns den Wagen klaut, steck das hier in deine Hosentasche. Meiner Ansicht nach wäre das sinnvoller, als die Türen ohne Fensterscheiben abzuschließen."

Erst in dem Moment wurde mir klar, wie blödsinnig er meine Geste beurteilt haben musste, doch ich hatte, in Gedanken versunken, nur routinemäßig gehandelt. Ich selbst konnte nur über meinen eigenen Bockmist lachen.

Nach diesem Intermezzo machten wir uns auf Schusters Rappen, dem Pfad folgend, hinein ins Unterholz. Unser Fußmarsch war nur von kurzer Dauer, als ich ein Schrägdach, wie aus dem Dickicht auftauchen sah und gleich darauf, öffnete sich eine Lichtung vor unsern Augen.

Robert hatte dem Herrn des Hauses eine ungefähre Uhrzeit unseres Kommens vorgeschlagen, daher hatte dieser scheinbar auf der Lauer gestanden.

So wie Robert mir erklärte hatte, war diese Wildnis rundum noch staatliches Eigentum. Ungefähr vor zwanzig Jahren, es kann auch in den Fünfzigern gewesen sein, hat man ihm dies Fleckchen Erde, als Dank für irgendwelche Leistung treuer Dienste, zugeschrieben. Ich kannte ihn damals noch nicht und kann mich auch nicht mehr genau daran erinnern, um was es eigentlich ging. Er spricht auch nicht darüber. Damals hatte er noch die Kräfte seine erworbene Zelle nutzbar zu machen. Ich nehme doch an, meinte Robert, dass er es, selbst damals, nicht ganz ohne Hilfe geschafft hat.

Ein Mann mittlerer Größe, ich schätzte sein Alter, so um die sechzig, kam uns bereits mit einem breiten lächeln entgegen.

„Da kommt er! Das ist Obadhia", sagte Robert.

Sapristi! Die Realität kam mir plötzlich ziemlich weit entfernt, von meinen Visionen der „Tausendundeiner Nacht" vor.

Obadhia schien mir irgendwie dünn und zerbrechlich in seinem kurzärmeligen weißen Hemd und seiner grauen Hose, die beide wie ein Segel um seine Gestalt herumflatterten. Mit einigen Schritten Abstand, folgte ihm seine Tochter, welche ich so um die acht oder neun Jahre alt schätzte, und ihr selbst folgte noch ein junges, weißes Zieglein.

Bereits von Weitem bekundete er seine Begeisterung uns zu sehen und hieß uns, in seiner Sprache, herzlich willkommen.

Nachdem die Begrüßungszeremonie erledigt war und wir uns seiner Behausung näherten, erschien auch Madame Obadhia.

Sie war in einen alltäglichen, doch farbenprächtigen, indischen Sari gehüllt. Ich war erstaunt, sie zu sehen. Sie überragte ihren Ehemann mindestens eine Kopfhöhe und in der Breite …, sodass als Obadhia hinter ihrem Rücken vorbeiging, verschwand er für einen Augenblick. Boshafte Menschen hätten vermutet, er müsse wohl in ein Loch gefallen sein!

Wir wurden jedenfalls mit allen Ehren empfangen und gebeten einzutreten. Obadhia zeigte uns stolz sein Heim, welches er selbst gebaut hatte, wie er mehrmals erwähnte. Aus meiner Sicht hätte man die Konstruktion eher als „Wellblechschuppen" bezeichnen können. Doch wenn man bedenkt, mit welch dürftigen Mitteln und wie lange, dieser kleine schmächtige Mann sich abgerackert haben musste, um seiner Familie eine bessere Unterkunft zu schaffen. Alle Achtung!

Ich muss zugeben, dass die Primitivität der Anfertigung keinesfalls die Reinheit und Ordnung beeinträchtigte.

Ich begann zwar mich langsam an die volkseigene, universale Sprache zu gewöhnen und bereits in der Lage, einem Gespräch mehr oder weniger zu folgen, doch war ich manchmal noch auf Roberts Übersetzung angewiesen, denn unser Gastgeber sprach kein einziges Wort französisch.

Zur Feier des Tages hatte Obadhia seine Flasche Rum herbeigeschafft und wir plauderten eine Zeit lang über dies und jenes. Als Madame Obadhia sich in ihre Kochecke zurückzog, um unser Mahl zuzubereiten, lud uns der Hausherr zu einer Besichtigung des Eigentums ein.

Die kleine Lehmhütte nebenan, mit ihrem Strohgedecken Spitzdach, war bis vor einem Jahr noch ihr Haus gewesen. Die Fassade hatte er nun abmontiert, und zu dem Zeitpunkt, als wir seine Gäste waren, nutzten sie es nur noch als Abstellraum. Für den „hohen Besuch von auswärts", wie er uns bezeichnete, hatte er den Innenraum aufgeräumt und gesäubert. Wieso und warum, erfuhren wir etwas später.

Neben dieser Hütte wuchs ein gewaltiger Mangobaum, zu dessen Fuß, zwischen zwei Wurzeln, mir ein schwerer Stein auffiel. Die Oberfläche war, ohne Zweifel, von Hand bearbeitet worden, denn sie war glatt und in der Mitte einige Zentimeter ausgehöhlt.

Ich wollte mich soeben über die Bedeutung oder die Nutzung informieren, als die Dame des Hauses sich näherte und einige Körner und kleine trockene Wurzeln in die Mulde legte. Dann begann sie, mit einem länglichen, abgerundeten Stein, die Produkte zu zerkleinern. Nun hatte ich die Antwort auf eine der Fragen, die ich mir gestellt hatte.

„Ah ha!", machte Robert, der mich aus dem Augenwinkel beobachtet hatte. „Komm, sehen wir uns das aus der Nähe an ..., es ist, was wir in Morisyen, *"en rosscarry"*, nennen, „ein Currystein".

Dieser Stein wird aber nicht nur benutzt, um Curry zu malen. Manche unserer Frauen in der Stadt benutzen auch noch das gleiche System in der Küche für vieles Andere. In kleinerem Format versteht sich. Man bevorzugt, hier bei uns, immer noch die Gewürzte eigenhändig vorzubereiten.

Nachdem Madame Obadhia diese Tätigkeit beendet hatte, welche wir bis zum Ende interessiert beobachtet hatten, führte unser Gasgeber uns, etwas abseits zu einer kleineren, mannshohen, runden Strohhütte. Diese erinnerte mich irgendwie an einen überdimensionalen Bienenkorb. Die einzige Öffnung, die man erkennen konnte, war ein rundes Loch unterhalb der Bedachung.

Als wir uns näherten, streckte plötzlich, zu meiner Überraschung, ein Ziegenbock den Kopf durch das runde Loch, blähte uns an und verschwand wieder. Dieses, Kopf raus, Kopf rein, wiederholte er mehrmals in regelmäßigen Abständen, bis wir neben der Hütte standen.

Dann erklärt uns Obadhia:

„Seht ihn Euch an, mit seinem unschuldigen Blick! Aber er ist niederträchtig wie kein Zweiter. Das Loch hat er selbst gemacht. Eigenartig ist, dass er es nicht größer macht. Wenn er wollte, könnte er ja ohne Weiteres die ganze Wand abreißen. Er ist wie der „Wolf im Schafskleid", aber wenn er draußen ist, kannst du ihn nicht aus den Augen lassen! Er spielt den Schuldlosen. Er tut so, als würde er dich nicht wahrnehmen und wartet darauf, dass du ihm einen Augenblick den Rücken zuwendest, dann knallt er dir eine ins Hinterteil! Aber nur eine …, wenn du dich umdrehst, ist er schon verschwunden. Auffällig ist aber auch: Unsere kleine Tochter hat er noch nie angegriffen!"

Als Obadhia die Tür öffnete, stand er bereits dahinter, obwohl er im Augenblick zuvor, uns noch durch seine Luke beobachtet hatte. Ich sah sogleich, dass der Bock nicht alleine dort hauste, denn im Hintergrund standen noch zwei Ziegen. Obadhia erklärte uns weiter, dass er noch nie den Kopf einer seiner Mitbewohnerinnen am Fenster gesehen habe. „Vielleicht hat er es ihnen verboten!", meinte Obadhia.

Unser Rundgang war mit dieser Besichtigung beendet. Nicht nur weil es bei den Obadhias keine Pferde, Schwimmbad, Golf- oder Tennisplatz, zu besichtigen gab, sondern, die kleine Tochter kam uns benachrichtigen, dass das Mahl bereit sei.

An jenem Abend wurde das Essen nicht am Tisch in der neuen Wohnung serviert, sondern, in Vereinbarung mit den Besitzern und auch eigens für meine Person, im alten Stiel, und im alten Haus.

Im Raum gab es keine Möbel, weder Porzellan noch Besteck, dennoch war alles bereit.

Die Hausherrin, gewiss gemeinsam mit der Tochter, hatten eine Matte am Boden ausgerollt. Handgeflochten versteht sich. Ich schätzte mal, dass es sich um ein Gemisch von Stroh und feinen Bambusreisern handeln könnte. Um diese herum, ließen sich, zunächst der Hausherr, Hausherrin und Tochter, und zuletzt wir, die sogenannte „Gesellschaft von auswärts", im Schneidersitz nieder. Da es langsam dunkel wurde, erzeugten die Flammen zweier Petroleumlampen, ein wackeliges Spiel von Licht und Schatten und schufen somit eine noch andere Dimension der ohnehin bereits beeindruckenden Stimmung.

Auf der Strohmatte lag an jedem Platz ein viereckig zurechtgeschnittenes Blatt einer Bananenstaude. Im Zentrum des „Tisches", so tief wie die Erde, befanden sich vier größere Teile der gleichen

Blätter, auf welchen die verschieden zubereiteten Speisen angeboten waren.

Neben einem, nach meinem ermessen, imposanten Häufchen Reis, sah ich auf einem, irgendwie speziell gefalteten und geformten Blatt, eine Mischung von Gewürzen und Beigaben. Dann kam das Fleisch, und zuletzt das Brot: eine Art Pfannkuchen, genannt *Farata*.

Robert erklärte mir, dass jeder sich eigenhändig und nach eigenem Ermessen, seine Portion zusammensetzen könne. Wie? Selbstverständlich mit bloßer Hand.

All dies, auch wohlweislich dosiert, war eine brennende Angelegenheit für den Gaumen eines Galliers.

Trotz allem, wenn auch vielleicht etwas gewöhnungsbedürftig, aber dieses Abendmahl war, ein unvergessliches Ereignis.

Als wir uns erhoben, indem wir uns herzlichst bedankten und der Köchin gratulierten, beschlagnahmte Obadhia eine der Lichtquellen, um diese draußen unter dem Mangobaum aufzustellen. Zum Abschluss des Tages lud er uns noch zu einem Gläschen Rum ein.

Ich schaute auf die Uhr. Es war kurz vor zwanzig Uhr. Ich hatte zu dem Zeitpunkt nicht die geringste Idee, und nichts deutete darauf hin, dass unser Abschied sich noch etwas, sogar noch viel länger, hinauszögern würde.

Nur einige Minuten, nachdem wir uns gemütlich niedergelassen hatten, gesellten sich auch schon unsere begabte Köchin und die Tochter zu uns. Es fächelte ein laues Lüftchen und rundum herrschte eine friedliche Stille.

Ich dachte in jenen Augenblicken an die Aktivitäten unserer Hausfrauen, nach einem geselligen Diner. Für Madame Obadhia war dies getan, mit dem Einsammeln der restlichen Nahrung, dem Aufrollen der Matte und der Rückerstattung der „Teller", auf direktem Wege an die Natur, welche ihrerseits, neben dem Haus, wiederum neue daraus produzierte.

Einige Zeit sprachen wir über dies und jenes und ich versuchte dann und wann, einige Worte Kreole zu formulieren.

Obadhia erzählte uns, dass er, vor ungefähr zwei Jahren begonnen hatte, ein kleines Stück Land, unweit vom Hause, nutzbar zu machen, um einen kleinen Gemüsegarten anzulegen.

„Schade, dass es schon zu dunkel ist, sonst hätte ich es Euch gezeigt. Es ist nicht weit.

Mir ist damals eine komische Geschichte passiert. Robert ..., hast du nicht davon gehört, da unten in *Curepipe*, oder sogar Ihr, draußen in Frankreich?"

„Ah, vielleicht ..., um was handelt es sich denn?"

„Und in Frankreich ...! Hört Euch das an! So ein Blödsinn!", unterbrach Madame Obadhia. „Du wirst doch wohl nicht wieder mit deiner schwachsinnigen Geschichte anfangen? Wer soll denn schon darüber gesprochen haben? Niemand hat dir geglaubt, übrigens, ich auch nicht!"

„Selbstverständlich, du bestimmt nicht, aber die andern ...! Da war, doch was, sonst wären doch die Leute vom Museum nicht bis hier gekommen! Aus welchem Grund hätten die denn die ganze Arbeit gemacht? Einen ganzen Monat lang haben die in der Ecke gesucht und gegraben!"

„Gut, einverstanden. Zu Begin haben die vielleicht geglaubt, dass ..., ich weiß nicht was. Jedenfalls war die Sache damit beendet. Sie haben nichts gefunden. Ich glaube, dass du geträumt hast. Manchmal scheint nun mal ein Traum so reell ...".

„Schon gut, schon gut, wenn du meinst. Dann sprechen wir eben über was anders!", sagte Obadhia doch merkbar enttäuscht.

Obwohl er den Argumenten seiner Gattin nichts mehr entgegen bringen wollte, oder konnte, hatte ich den Eindruck, dass es wie ein Feuer in ihm brannte, uns seine Geschichte zu erzählen. Mit einem diskreten Blick prüfte Robert mein Verhallten, auf welchen ich gleich mit einem bejahenden Kopfnicken antwortete.

„Aber das langweilt uns absolut nicht, Madame. Außerdem glaube ich sogar, von irgendwelchen Ausgrabungen gehört zu haben. Es ist doch schon eine Zeit lang hehr. Nun sagen Sie nicht, dass Sie einen Schatz in Ihrem Garten gefunden haben!", befürwortete Robert Obadhias Absicht.

„Nein …, es war kein Schatz. Die Geschichte ist trotzdem äußerst eigenartig. Meine Frau sagt immer ich habe geträumt. Es ist ja möglich, dass sie recht hat, aber ich bin mir nicht sicher. Eigentlich kann ich mir selbst nicht erklären, was geschehen ist."

„Was den Begin der Sache angeht, bin ich einverstanden, das war reell", gab seine Frau zu. „Ich habe das Stück eines Tonkruges gesehen, es war mit Sicherheit ein sehr altes Bruchstück. Aber dann, die Geschichte, die du erzählt hast …, nein, das ist unmöglich!"

„Sie haben also doch etwas gefunden?" Forschte Robert nach. „Das müssen Sie uns absolut erzählen!"

„Nun …, wenn Ihr wollt. Aber es ist eine sehr lange Geschichte."

„Ach, uns macht es nichts aus …, aber Ihr möchtet vielleicht schlafen gehen."

„Nein, nein …! Das ist kein Problem! Ich kann Euch die ganze Geschichte erzählen, wenn Ihr wollt."

Robert sah mich erneut an und fragte: „Was meinst du?"

„Wenn es Monsieur Obadhia und seiner Familie nichts ausmacht, mir soll's Recht sein. Du weißt ja, dass so was mich immer interessiert."

3

E s war also vor etwa zwei Jahren, so wie Obadhia es bereits erwähnt hatte. Die Parzelle wo er sein Gemüse anbauen würde hatte er bereits gesäubert und er hatte begonnen die Wurzeln der abgesägten Bäume auszugraben und Steine aller Art, zu einer kleinen Trockenmauer am Rande aufzubauen.

Als er eine, um einpaar Steine herum gewachsene, etwas hartnäckige Wurzel herausriss, beförderte er gleichzeitig einige Klumpen Erde an die Oberfläche. Zunächst transportierte er das lose Gestein aus seinem Arbeitsbereich. Dann zerkleinerte er mit dem Spaten die Erdschollen, die er mit der Wurzel ausgehoben hatte, dabei stieß er auf etwas Hartem, - noch ein Stein -, dachte er zunächst. Doch bei näherem Hinsehen kam ihm die Form des noch undefinierten Gegenstandes etwas eigenartig vor.

In der Tat, es war nämlich kein Stein, und auch kein verrostetes Eisenteil. Nachdem er die noch daran haftende Erde, grob entfernt hatte, konnte er ein Bruchstück eines Tongefäßes erkennen. Es war ohne Zweifel eine Ecke des Bodens mit einem Teil der Umwandung eines Kruges oder einer Vase.

Wie er sich auch anstrengte, er fand keinerlei Anhaltspunkte in seinen tiefsten Erinnerungen, dass man irgendwann oder irgendwo auf der Insel, solche Gefäße benutzt oder fabriziert hätte. Er schlussfolgerte, dass es sich um ein antikes Teil handeln könnte, und beschloss es vorerst aufzubewahren.

Noch am gleichen Abend, nach getaner Arbeit im zukünftigen Garten, wurde der Fund ausgiebig gewaschen und gebürstet. Nachfolgend erkannte er ein weiteres interessantes Detail. Wenn

Obadhia auch kaum etwas von Töpferei verstand, so wusste er doch, dass solche Gefäße, normalerweise, auf eine Art rotierendem Teller hergestellt wurden. Die Scherbe, die er in der Hand hatte, war bestimmt nicht auf diese Weise geschaffen worden, denn die Oberfläche war nicht geglättet und die Stärke unregelmäßig.

Er war davon überzeugt, dass er ein Zeuge einer längst verschollenen Zivilisation in Händen hielt.

Seine Gattin hingegen sah darin nur einen belanglosen Splitter eines alten Blumentopfes.

Mehrere Tage lang überlegte er, wie er sich Gewissheit verschaffen könnte. Letztendlich entschied er sich, seinen Fund von den Mitarbeitern im Museum von *Mahebourg* prüfen zu lassen. Doch für ihn war Mahebourg, nicht gerade die Tür nebenan. Um sich dorthin zu begeben, musste er die Insel in ihrer gesamten Breite bezwingen.

„Du übertreibst! Du wirst doch wohl keine zwanzig oder dreißig *Rupien* vergeuden, um dieses Ding nach Mahebourg zu bringen?"

„Ah, ihr Frauen, ihr versteht aber auch nichts von nichts! Das ist wichtig! Ich weiß, dass es wichtig ist und ich weiß auch, dass ich recht habe! Dieses Teil wird uns mehr einbringen als zwanzig Rupien!!"

„Du bist verrückt! Das Ding ist wertlos, sag ich dir!"

Die gesamte Familienharmonie bei den Obadhias war irgendwie „in den Keller gerutscht". Den ganzen darauf folgenden Tag würdigte man sich keines Wortes.

Am Spätnachmittag dann, Obadhia war damit beschäftigt sein altes Farad, einer sozusagen, Generalinspektion zu unterziehen. Seine Gattin beobachtete ihn eine Weile, zunächst jedoch, ohne ein Wort zu sagen. Dann ging sie einige Male an im vorbei, indem sie ihm einen flüchtigen Blick zuwarf. War es aus Neugier, oder vielleicht ein Versuch erneut ein Gespräch einzufädeln? Leider ..., er blieb eiskalt, er tat so, als hätte er sie nicht gesehen. Doch dann blieb sie plötzlich stehen, nur einpaar Schritte von ihm entfernt. Vielleicht angespornt von einer gewissen Neugier, oder wollte sie nur versuchen, den blöden Streit endlich aus der Welt zu schaffen. Sie wartete ein Weilchen stillschweigend auf eine Reaktion seinerseits, doch vergebens. Dann sagte sie etwas zögernd:

„Du putzt dein Fahrrad, wie ich sehe."

„Ja."

„Ehrlich gesagt ist das ja auch nicht gerade ein Luxus ...".

„Und ich öle es auch ...".

„Aber ..., du benutzt es ja überhaupt nicht im Moment."

„Das ist, was du meinst. Morgen fahre ich bis Mahebourg, wenn du alles wissen willst."

Obwohl sie sich vorgenommen hatte nicht mehr länger über das Thema zu meckern, konnte sie es nicht lassen.

„Hatte ich mir doch gedacht! Du bist doch krank! Mit deinem alten Fahrrad kommst du nicht einmal bis *la Coupee!*"

„Ach, erzähl doch kein Blödsinn! Außerdem zwingst du mich ja dazu, mir selbst zu helfen. Du willst ja nicht, dass ich einpaar, Rupien ausgebe für den Autobus! Also mache ich den Weg mit dem Fahrrad. Jedenfalls fahre ich morgen nach Mahebourg, ob du es willst oder nicht!"

Darauf ging sie ins Haus zurück, indem sie noch vor sich hinbrabbelte: „Du bist doch nicht ganz klar im Kopf, dieses miserable Stück von …, ich weiß nicht was, hat dich total verrückt gemacht!"

So wie geplant, am nächsten Tag in der Frühe, packte er etwas Proviant und sein Fundstück sorgfältig ein, schwang sich auf seinen alten Drahtesel und machte sich auf den Weg.

Im Gegensatz zu den pessimistischen Vorhersagen seiner Gattin erreichte er kurz vor Mittag, ohne Erschwernisse, sein Ziel. Zudem hatte er noch das Glück, dass gerade keine Besuchergruppe am Eingang zum Museum wartete und, dass der Kustos seine Mittagspause noch nicht angetreten hatte.

Im Raum, wo die beiden Männer sich trafen, konnte man eine Zeit lang nur das Rascheln der imposanten Menge Zeitungspapier vernehmen, in welchem Obadhia seinen „Schatz" eingewickelt hatte.

Als man dann endlich das wertvolle Stück gefunden hatte, erklärte Obadhia noch genauestens, wie und wo er den Fund gemacht hatte.

„Und dies ist das einzige Teil, das Sie gefunden haben?"

„Im Moment, ja. Aber ich muss ja noch die ganze Parzelle mit dem Spaten umgraben, bevor ich pflanzen und säen kann, vielleicht finde ich dann noch weitere."

„Kommen Sie doch mal mit, ich werde mir das Teil mal näher ansehen."

Obadhia folgte dem Kustos in einen kleinen Raum im Oberge-
schoss. Er setzte sich an einen Tisch und untersuchte das Bruchstück unter einer großen Lupe.

„Ich bin zwar kein Experte, ich habe dennoch etwas Erfahrung
und bin es gewohnt, mit solchen Sachen umzugehen. Ich bin nicht
qualifiziert, um Ihnen jetzt gleich Genaueres zu sagen, doch dieses Objekt scheint mir, in der Tat, sehr alt zu sein. Wenn Sie mir
es anvertrauen möchten, werde ich es von einem Spezialisten
überprüfen lassen."

„Selbstverständlich! Aber glauben Sie, dass es wertvoll sein
könnte?"

„Schwer zu sagen. Dieses Stück allein hat wahrscheinlich keinen großen Wert. Das genauere Alter und der Fundort spielen ja
auch noch eine Rolle. Ich kann Ihnen im Augenblick wirklich
nichts versprechen."

„Ach so, ja ich verstehe."

„Ich kann Ihnen heute nur den Rat geben, sehen Sie genau hin
beim Graben. Wenn Sie was Ähnliches, oder auch andere, Ihnen
unbekannte Gegenstände finden, bewahren Sie diese jedenfalls
sorgfältig auf. Wir melden uns bei Ihnen, sobald wir die Resultate
in Händen haben. Unter Umständen könnte dies etwas Zeit in Anspruch nehmen.

Wenn Sie mir noch Ihren Namen und Ihre Adresse aufschrei-
ben möchten, dann melden wir uns bei Ihnen."

Da musste der Kustos schon selbst Hand anlegen, denn Obadhia war nicht in der Lage seinen Namen, geschweige denn, seine
Adresse zu Papier zu bringen.

Danach machte sich Obadhia auf den Rückweg. Er war einwenig enttäuscht, denn er konnte seiner Gattin nicht eine müde Rupie mit nach Hause bringen, nicht einmal einen kleinen Beweis von dem, was er dennoch erreicht hatte. Sie würde ihn allenfalls wieder mit allerhand Vorwürfen empfangen.

Die Tage vergingen und eine Antwort aus Mahebourg ließ auf sich warten. Bald begann Obadhia am guten Willen der Herren in Mahebourg zu zweifeln, er glaubte schon, die Sache sei endgültig vom Tisch, und dass er wahrscheinlich nie wieder etwas davon hören würde.

Dann eines Tages, ungefähr ein Monat später, er war dabei einige Gemüsepflänzchen zu verpflanzen, als er plötzlich Stimmen vernahm. Es war seine kleine Tochter, gefolgt von zwei Herren, die sich dem Pfad entlang dem Haus näherten.

Er erkannte gleich einen der Männer, es war der Kustos aus Mahebourg. Den Zweiten hatte er noch nie gesehen. Dieser sprach nur französisch, er musste wohl von „auswärts" gekommen sein.

Nachdem die Herren sich vorgestellt hatten, erklärte man Obadhia ausführlich den Grund ihres Besuches. Obadhia verstand nur, dass man verschiedene Analysen und Nachforschungen durchgeführt hatte, und dass sein Fund sich weit interessanter, als zunächst angenommen, erwiesen hatte. Dies gab man auch als Grund an, für die lange Wartezeit.

Dieser unbekannte Herr, so erklärte man ihm, sei eigens aus Paris angereist, um sich ein genaues Bild der Fundstelle zu verschaffen.

„Wir hofften, dass Sie es uns gestatten würden, hier an Ort und Stelle, einige Grabungen vorzunehmen. Selbstverständlich würde man Sie angemessen entschädigen und Ihre Parzelle nach Abschluss der Arbeiten, in den aktuellen Zustand bringen.

Welchen Preis würden Sie verlangen, Monsieur Obadhia?"

Es kam Obadhia recht, dass man von Entschädigung sprach, denn in Gegenwart dieses Herrn aus Paris, hätte er es nicht gewagt, das heikele Problem der *Rupien* zu erwähnen. Außerdem hatte er keine Ahnung, was er wohl verlangen könnte. Er zögerte einen Augenblick, bevor er sagte:

„Oh …, mo pas connä Missie. "

„Er meint, er weis es nicht", übersetzte der Kustos.

„Würden wir Ihnen denn vielleicht mit tausend Rupien pro Woche entgegenkommen, Monsieur Obadhia?"

Die Begriffe in Obadhias Hirn überschlugen sich regelrecht. Hatte der *„Missie"* tausend gesagt? Und pro Woche?

Tausend Rupien! Sapristi! - Eine solche Summe, um in meinem Garten zu graben! Diese Leute müssen ja noch verrückter sein als ich selbst – dachte er.

Wenn er einen Augenblick zögerte, dann war es nicht, dass er das Angebot zu niedrig fand, denn selbst mit hundert Rupien für das gesamte Unternehmen, hätte er zugeschlagen. Man hätte ihm ja zusätzlich auch noch den Garten umgegraben. Nein, er versuchte sich nur auszumalen, wie wohl ein Tausendrupienschein aussehen könnte. Wenn so was denn überhaupt existierte. Das könnten ja auch, so ungefähr …, vielleicht zehn Hunderter sein, berechnete er.

Als eine Antwort etwas auf sich warten ließ, unterbrach der Kustos jäh Obadhias Überlegungen:

„Was meinen Sie, Missie Obadhia?"

„Ja, ja …, tausend …, tausend ist gut …, ich pflanze dann mein Gemüse etwas später", stammelte er etwas erschrocken.

Darauf ging man ins Haus, wo die Sache noch rechtsgültig abgeschlossen wurde.

Doch als schließlich unterzeichnet wurde und der zuständige Herr, Obadhia einen Stift in die Hand drückte, schaute dieser den Kustos irgendwie bedrückt an. Dieser wusste ja, wie es mit Obadhias Schreibkünsten aussah, sagte:

„Machen Sie doch einfach ein Kreuzchen dort unten. Ich bin ja Zeuge, dass Sie unterzeichnet haben."

Dann verabschiedeten sich die beiden Herren.

Zu Begin der darauffolgenden Woche bogen, eines Morgens, zunächst zwei schwere Allradfahrzeuge, gefolgt von einem Lastwagen, in den schmalen Weg ein, der unweit von Obadhias Anwesen vorbeiführte. Eine Gruppe von etwa zehn Mann begannen, eine imposante Ladung Material und Geräte zu entladen. Gezwungenerweise musste das ganze Zeug noch von Hand, querfeldein, bis zu Obadhias Garten transportieren werden. Er selbst beobachtete das aktive Treiben interessiert. Dennoch kam in ihm ein mulmiges Gefühl auf, denn mit einem derartigen Aufmarsch hatte er nicht gerechnet.

Man begann Pläne und Landkarten auszubreiten, zu messen, farbige Bänder abzurollen, eine Menge kleine Fähnchen und Pfähle einzuschlagen.

Er stand da mit offenem Mund, er konnte nicht verstehen, was da, vor seinen Augen mit seinem Garten geschah.

Einpaar Stunden später, diskutierten nur noch zwei der Männer, an der Stelle, wo er das Bruchstück ausgegraben hatte, alle andern hantierten verstreut über das ganze Gelände. Sogar außerhalb der Parzelle, bis in den angrenzenden Wald hatte man Markierungen aufgestellt.

Als er am nächsten Tag, im Laufe des Vormittags, die Arbeiten besichtigte, traute er seinen Augen kaum. Inmitten der Parzelle hatten drei Mann bereits ein tiefes, rechteckiges, mit Kordeln gezeichnetes Loch ausgehoben. Zwei arbeiteten in der Grube und der Dritte, warf an der Oberfläche, die ausgeworfene Erde durch ein großes Sieb. – Sind die wirklich noch bei Trost? - dachte er.

Wie es auch sein mochte, dies war jedenfalls die beste Affaire, die er in seinem Leben abgeschlossen hatte. Man säuberte ihm nicht nur seinen Garten im Tiefgang, er wurde sogar noch bezahlt dafür, und das gar nicht Mal schlecht.

Bis zu dem Zeitpunkt, außer seinem Fund, war noch nichts besonders, oder Unglaubliches, an Obadhias Erzählung.

Doch genau während dieser Periode der Ausgrabungen passierte das Ereignis, das niemand, nicht einmal seine Gattin ihm glaubte.

An jenem Tag hatte er, so wie er es sich in letzter Zeit ange-wöhnt hatte, den einzelnen Gruppen einen Morgenbesuch abge-stattet, um nach dem Rechten zu sehen.

Die meisten der Männer waren angeheuerte Einheimische mit denen, er sich, unterhallten konnte.

Eigentlich war es aus Neugier, denn trotz aller Argumente, die man ihm bereits vorgetragen hatte, verstand er nur wenig von dem, was dort vor sich ging.

Die zwei oder drei, die hochnäsig nur mit Papierkram herum-liefen und nur französisch quasselten, ignorierte er, genauso wie diese, ihn außer Acht ließen. Wie dem es auch war, dank dieser Männer, die ihm jeden Samstagabend einen schönen Schein hin-terließen, wusste er ja nun auch, wie ein Tausendrupienschein an-mutete und sich sogar anfühlte. So konnten sie, von ihm aus, ru-hig weiter schaufeln. Er würde sie jedenfalls nicht entmutigen.

Nur einige Meter von einer der Grabungen entfernt, am Wald-rand, schlängelte sich ein Pfad durch den Wald hinauf zum Aus-sichtspunkt, *les Gorges de la riviere noire.*

Nachdem er sich kurz mit den Männern die dort arbeiteten, unterhallten hatte, kam ihm der Gedanke, dass er sich vielleicht, von dort oben, ein Gesamtbild der Arbeiten verschaffen könnte. Außerdem hatte er diesen Pfad, seit mindestens zwei Jahren nicht mehr benutzt.

Zunächst stellte er fest, dass sich doch seit dem, wenig geän-dert hatte. Doch bald, etwas höher hinauf staunte er über die üp-pige Vegetation und desto höher er anstieg, desto gewaltiger er-schienen ihm die Blätter und Sträucher. Er glaubte seinen Augen kaum, denn etwas weiter voran, verschwand der Pfad sogar gänz-lich im Gebüsch.

Er machte noch einige Schritte voran, in der Hoffnung den festen Pfad wiederzufinden, doch vergebens. Er entschied sich daraufhin den Rückweg anzutreten, doch auch in dieser Richtung konnte er den Pfad nicht mehr finden. Es kam ihm vor, als wäre die gesamte Vegetation, hinter seinem Rücken hochgewachsen, und das in wenigen Minuten. Er stand verwirrt mitten in einem Urwald, den er nicht kannte; den er noch nie so gesehen hatte!

Trotz dieses kuriosen Phänomens glaubte er dennoch, die Stimmen der Männer zu vernehmen, die unterhalb in seinem Garten arbeiteten. Er horchte um die Richtung, genauer abzugrenzen, aus welcher die Stimmen kamen. Dies war nicht sehr schwierig, denn er hatte den Eindruck, dass diese Laute sich ihm näherten. In der Tat, denn die Gespräche wurden immer lauter und deutlicher.

Erstaunlich, dass die Männer, bereits um diese Uhrzeit ihren Arbeitsplatz verlassen hatten. Man hatte ihn auch nicht darüber unterrichtet, dass noch weitere Grabungen dort im Wald vorgesehen waren.

Er versuchte sich in Richtung der Stimmen voran zu arbeiten und stand plötzlich in einer schmalen Lichtung. Er erschrak und hielt inne, als er eine Gruppe furchterregender Gestallten auf sich zukommen sah. Es waren nämlich nicht die Männer, die er erwartet hatte.

Es war ein halbes Dutzend grober, stämmiger Kerle, einige mit freiem, muskulösem Oberkörper und alle waren bewaffnet bis zu den Zähnen, mit Säbeln und Macheten. Die beiden Ersten trugen einen soliden Stamm auf den Schultern, unter welchem ein sichtbar gewichtiges Holzfass hing. Andere trugen geschlagenes Wild.

Obadhia war schlagartig in eine andere Zeit katapultiert worden, in eine längst vergangene Zeit!

Eigentlich mussten diese Männer ihn gesehen haben, wie er da, nur wenige Meter vor ihnen stand. Jedoch nicht einer ging auf ihn los, nicht einer fordert in auf stehen zubleiben oder zu verschwinden. So versteckte er sich eiligst im Gebüsch. Doch auch, als die wilde Truppe noch näher an ihm vorbeizog, versuchte keiner ihn dort aufzuscheuchen. Er musste wohl, für diese schrecklichen Gestallten, unsichtbar sein.

Trotzdem verweilte er noch eine Weile in seinem Versteck. Als er plötzlich ein bekanntes Grollen und Pfeifen am Himmel vernahm, und wie aus einem Traum aufwachte.

Es war die reguläre 747, die um diese Urzeit im Anflug auf *Plaisance* über ihn hinweg heulte. Er richtete sich auf, und als er sich umsah, stellte er fest. Dass alles um ihn herum wieder so war, wie er es kannte, so wie es vor diesem unglaublichen Erlebnis gewesen war.

Obadhia tauchte aus einer undefinierten Epoche auf, gleichermaßen wie er in diese eingetaucht war.

Vielleicht sucht man mich -, dachte er. In Eile trat er den Heimweg an, um die Seinen zu vergewissern, dass er noch lebte und ihnen zu erzählen, was ihm widerfahren war. Jedenfalls hoffte er sie noch lebend aufzufinden, denn er hatte keine Ahnung, wie lange er abwesend war und was in der Zwischenzeit vielleicht auch dort Unten geschehen sein könnte..

Bald stellte er jedoch fest, dass er nicht sehr lange unterwegs gewesen sein konnte, denn als er unten ankam, sah er die wühlenden Archäologen noch bei der Arbeit. Diese schienen nicht einmal erstaunt über seine Rückkehr.

Was war geschehen? Auch noch in dem Moment hatte er einige Schwierigkeiten seine Gedanken einigermaßen zu ordnen.

4

Immer noch gänzlich im Absonderlichen versunken, hatte keiner von uns daran gedacht, einen Blick auf die Uhr zu werfen. So, als Obadhia das Schlusswort gesprochen hatte, stellten wir erst fest, dass Mitternacht bereits mehr als eine Stunde überzogen war.

„Ihr glaubt auch, dass ich geträumt habe?"

„Schwer zu sagen", meinte Robert.

Roberts evasive Antwort sagte mir, dass er wohl kaum, wenn sogar überhaupt nicht, an eine ernsthafte Geschichte glaubte. Was mich persönlich anging, ich überlegte, ich war jedenfalls nicht davon überzeugt, dass der Alte geträumt hatte. Einige Punkte in dieser enigmatischen Erzählung deuteten darauf hin, dass er nicht geträumt haben konnte. Seinen Schilderungen gemäß wäre es jedenfalls kein gewöhnlicher Traum gewesen.

Ich war zwar bereits imstande einige kurze Sätze in Kreole zu formulieren, so bevorzugte ich doch, sicherheitshalber, dass meine Ansicht fehlerlos von Obadhia verstanden wurde. Daher bat ich Robert, sich doch wiedermal als Sprachmittler einzusetzen.

„Dies alles, ich muss zugeben, klingt irgendwie unglaublich. Dennoch bin ich nicht gleich so bestätigend als Ihre Gattin und einige andere. Ein solches Phänomen verdient durchdenken. Daher möchte ich nicht kategorisch behaupten, dass Sie geträumt haben. Ich wäre eher dazu geneigt anzunehmen, dass Sie nicht geträumt haben. Ich will damit sagen, dass mit Ihnen etwas geschehen ist, was ich mir im Augenblick auch nicht …, noch nicht erklären kann."

„Siehst du, Robert, die Leute von auswärts, die verstehen, was ich sage. Du scheinst mir auch nicht zu glauben, wie ich höre, genau wie all die andern. Was wisst ihr schon? Überhaupt nichts! Ich weiß, wovon ich spreche!"

„Schon gut, schon gut! Nur so was …, das ist doch praktisch unmöglich!"

„Verstehen wir uns richtig", fügte ich hinzu, um die Gemüter etwas zu beruhigen. „Es ist zu früh um irgendetwas zu bestätigen, aber ebenfalls, um die Sache definitiv als unmöglich zu erklären. Man müsste die ganze Geschichte genauestens unter die Lupe nehmen; man müsste mal nachforschen und vielleicht, eventuelle Zusammenhänge untersuchen. Jedenfalls habe ich die Vermutung, dass eine Beziehung zwischen Ihrem Fund, den Ausgrabungen und Ihrer Vision, bestehen könnte.

Nur bezweifele ich, dass wir in dieser Nacht noch des Rätsels Lösung finden werden.

Es ist bereits spät geworden und, so leid es mir auch tut, wir werden uns wohl verabschieden müssen. Ich kann Ihnen versichern, dass wir nicht die Absicht hatten, Ihre Hospitalität derart auszubeuten."

„Aber, aber …! Es ist doch nicht Euere Schuld, dass es so spät geworden ist."

„Es tut mir leid, *Missie* Obadhia, dass heute die Zeit nicht reicht, uns ausgiebiger über Ihre Geschichte zu unterhalten."

„Aber ihr könnt ja Morgen oder an einem anderen Tag vorbeikommen. Es würde mich sehr freuen, mit jemand zu sprechen der solche komischen Sachen versteht."

„Mal sehen, vielleicht nicht Morgen, aber ich komme bestimmt noch mal vorbei, bevor ich nach Hause fliege."

Daraufhin schlossen wir dann die Sitzung. Obadhia war erkennbar zufrieden mit dem Verlauf seiner Einladung. Doch der eigentliche Grund seiner Genugtuung war gewiss, dass er endlich eine Person getroffen hatte, die seiner skurrilen Geschichte interessiert Gehör geschenkt hatte.

Er zögerte nicht einen Augenblick, uns noch zu dieser späten Stunde, bis zum Fahrzeug zu begleiten und uns den Pfad mit seiner Taschenlampe auszuleuchten. Er demonstrierte uns stolz sein annehmbar einziges, mehr oder weniger modernes Instrument, das er besaß.

Letztendlich gelang es uns, den Heimweg anzutreten, nur war es nicht mehr am späten Abend, doch eher, am frühen Morgen. Glücklicherweise hatte niemand uns, unseren fahrbaren Untersatz entwendet und den Verteilerrotor fand ich auch gleich in meiner Hosentasche.

„Wie fandest du die Obadhias?" Fragte Robert, als wir endlich, unter uns waren.

„Es sind sehr freundliche Menschen. Ich kann nichts anders sagen." Erwiderte ich kurz, etwas angespannt am Steuer, denn die Beleuchtung unserer Prachtkutsche bewies sich etwas abgeschlafft. Rundum war es einigermaßen hell, nur die Straße selbst lag im Dunkeln.

„Da bin ich absolut deiner Meinung. Die *Morisyen,* wie wir sagen, sind im Allgemeinen gastfreundlich, das ist bekannt. Aber es ist nicht das, worauf ich hinaus wollte. Ich dachte da an seine glanzvolle Geschichte."

„Ach so …! Ich schlage vor, dass wir uns Morgen darüber unterhalten. So einfach sehe ich das nämlich nicht. Außerdem muss ich mich im Augenblick, voll auf die Straße konzentrieren."

Als wir so langsam das Tageslicht wahrnahmen, war es schon fast Mittag. Sylvie, Roberts Gattin, hatte bereits den Tisch gedeckt und das Mittagessen zubereitet. Nachdem sie uns einen Augenblick grinsend beobachtet hatte, fragte sie:

„Um welche Uhrzeit habt ihr beide denn nach Hause gefunden?"

„Oh …, es muss so gen drei Uhr gewesen sein", meinte Robert.

„Und ihr wart so lange beim Inder?"

„Na ja, er hat uns, nach dem Essen, noch eine lange Geschichte erzählt."

Womit wir auch gleich wieder, bei unserem umstrittenen Thema angelangt waren.

„Was ich dich während der Rückfahrt fragen wollte: Hast du nun geschickt sein Spiel mitgespielt, oder glaubst du wirklich an seine Erzählung?", fragte Robert.

„J' ein …, würde ich sagen. Ich glaube jedenfalls nicht, dass es ein Traum war."

„Wenn ich recht verstehe, denkst du eher, dass er das Ganze von a bis z, frei erfunden hat?"

„Nein, das ist es auch nicht, was ich sagen will."

„Dann ist es, so wie ich dich kenne, etwas komplizierter."

„Genau …! Um etwas Klarheit zu schaffen, müssen wir vor allem logisch denken. Das Phänomen ist, in der Tat, schwierig zu definieren. Dennoch glaube ich, eine plausible Erklärung gefunden zu haben.

Es kann sich nicht um einen Traum handeln. Richtige Träume, oder Albträume entstehen nur im Schlafzustand und können somit nicht, von unserem Wollen oder Willen, also klaren Verstand, beeinflusst werden. Das ist eines. Nun stell dir vor, du gehst einem Pfad endlang, wenn du nicht zufällig die sogenannte Schlafkrankheit hast, wirst du nicht so augenblicklich einschlafen, und außerdem, auch noch aufrecht stehen bleiben.

Hat er nicht gesagt, dass er am gleichen Ort „gestanden" habe, als alles wieder normal um ihn herum wurde?

Seiner Erklärung gemäß war die Mutation von einer Situation in die andere auch nicht schlagartig, sondern er erlebte hellwach, wie die Vegetation Schritt für Schritt üppiger wurde.

Das ist für mich, zumindest schon mal eine logische Erklärung dafür, dass es kein Traum war."

„Ok …, und was kommt nun?"

„Zudem glaube ich auch nicht, dass er die Geschichte frei erfunden hat. Für eine Person wie Obadhia, die weder lesen noch schreiben kann, scheint mir die Chronologie seiner Geschichte zu lückenlos, sowie die Gestalten, die er beschrieb, scheinen mir zu perfekt inszeniert. Woher hätte er diese ausführlichen Informationen?

Es muss sich um etwas anders handeln. An eine, von ihm erfundene Geschichte, oder einem Traum, glaube ich überhaupt nicht mehr."

„Was könnte es dann anders gewesen sein, deiner Ansicht nach?"

„Genau das, werde ich versuchen herauszufinden. Nur bräuchte ich deine Hilfe. Du kennst nicht zufällig jemand, der sich mit der Geschichte der Insel genau auskennt?"

„Oje, oje …! Privat fällt mir so spontan da niemand ein."

„Na dann …, aber gibt es denn keine Bibliothek in *Port-Louis*, wo man eventuell in alten Büchern nachforschen könnte? Und dann bleibt uns noch das Museum in *Mahebourg*. Vielleicht könnten wir dort schon mal erfahren, aus welcher Epoche Obadhias Fund stammt."

„Ja, gute Idee! Und dann? Was willst du damit anstellen?"

„Dann setzen wir uns ruhig hin und versuchen aus den Einzelteilen ein Ganzes zusammenzusetzen. Dieses vergleichen wir dann mit Obadhias Geschichte. Mal neugierig, was dabei herauskommt."

„Also fahren wir Morgen zunächst nach Port-Louis."

„Ok, alles klar."

Wir verbrachten fast den halben Tag in Port-Louis und fanden dort bereits, einige interessante Auskünfte für unser Projekt.

Am darauf folgenden Tag, fuhren wir nach *Mahebourg*. Wir hatten das Glück, uns über eine Stunde lang ausführlich mit dem Kustos zu unterhalten. Wir erfuhren unter anderem, dass man noch einige Kleinigkeiten ausgegraben hatte, und dass die meisten Fundstücke aus einer Periode zwischen, 1400 und 1500 stammten.

Zurück bei Robert, machten wir uns an die Auswertung unserer gesammelten Informationen. Und siehe da, einiges passte bereits in unser Schema!

Zu Begin des sechzehnten Jahrhunderts, genauer, im Jahre 1505, wurde die Insel von dem Portugiesen, *Pedro Mascarenhas*, entdeckt. Zu diesem Zeitpunkt war die Insel noch unbewohnt und von einem dichten Urwald bedeckt. Es stellte sich jedoch später heraus, dass bereits Araber und Malaien, Piraten und Seefahrer, die Insel seit dem zwölften Jahrhundert, gelegentlich besuchten.

Obadhias Fund, entstammte vielleicht eher aus diesem Zeitalter.

„Siehst du, Robert, da haben wir schon etwas Passendes. Wir können daraus schlussfolgern, dass die Männer, die Obadhia gesehen hat, in der Tat, Piraten waren. Auch die Vegetation, die er beschrieb, passt genau in diese Zeit."

„Einverstanden, nur sagt uns das immer noch nicht, ob er die ganze Geschichte nicht doch selbst erfunden hat."

„Robert, Robert …, denk doch mal nach.

Ich kann mir nicht vorstellen, dass dieser Mann, der seit seiner Jugend abseits von allem lebt, eine solche Geschichte erfunden hat. Er kennt nur sein Haus, seine Ziegen und sein Garten. Er besitzt kein Fernseher, vielleicht nicht einmal ein Radio und du sagtest mir doch selbst, dass er Analphabet sei. Wo könnte er dann die Informationen gefunden haben, um eine Geschichte so nahe einer Jahrhunderte alten Realität aufzubauen?

Sag es mir, Robert! Das ist doch wohl kaum möglich!"

„Du hast recht, ich muss zugeben ..., er ist nicht besonders schlau, aber vielleicht hat er so etwas ähnliches gehört und sich dann daraus seine eigene Geschichte gebastelt.

Ich erinnere mich da noch an etwas. Er sagte mir, man hätte Versuche mit vierzehntausend Jahre alten Kohlen gemacht. Kannst du mir sagen, was er damit meinte?"

„Hat er das gesagt?"

„Ja, ich erinnere mich genau daran."

„Nun ..., da hat er wohl etwas nicht ganz verstanden! Ich schätze mal, dass man ihm etwas über die, C14-Methode, vorgelabert hat. Wie hat man ihm das in seiner Sprache übersetzt? Woher soll der arme Obadhia das verstehen? Apropos, weißt du überhaupt, was das ist?"

„Naja ..., ich hab schon mal davon gehört, nur, interessiert mich so was auch eigentlich nicht besonders."

„Ich verstehe ..., dann mach dich mal schlau. Die C14-Methode wendet man zur Altersbestimmung speziell von organischen Materialien an, auch genant, Radiokarbonmethode, oder auch noch, Radiokohlenstoffdatierung. Daher, Obadhias vierzehntausend Jahre alte Kohle, nehme ich an.

Damit bringst du mich auf einen Gedanken. Wenn sie diese Methode angewendet haben, dann haben sie auch noch etwas gefunden, worüber der Kustos uns nichts verraten hat. Das könnte nämlich bedeuten, dass man Organisches ausgegraben hat, vielleicht Gebeine, oder Ähnliches."

„Meinst du?"

„Mein lieber Freund ..., dies könnte jedenfalls darauf hinweisen!

Robert ..., wir müssen unbedingt zurück zu Obadhia! Er wollte uns doch noch allerhand erzählen, wenn die Zeit gereicht hätte.

Hast du die Möglichkeit ihn zu informieren, oder meinst du, dass wir ihn einfach so, überfallen können?"

„Keine Ahnung, wie wir ihn erreichen könnten ohne Fahrzeug. Telefonanschluss hat er ja nicht. Ich schlage vor, wir borgen uns den Morris aus und fahren einfach hin."

„Gut ..., wenn du meinst. Versuchen wirs einfach."

5

Gesagt, getan ..., und so fuhren wir am nächsten Tag, sozusagen, auf gut Glück, zurück zu unserem Freund Obadhia.

Die kleine Familie schien überrascht, doch keinesfalls verärgert, über unseren unangemeldeten Besuch.

Nachdem wir alle begrüßt hatten, zeigte er uns zunächst seinen Garten, den wir ja bei unserem ersten Besuch, wegen der Dunkelheit nicht mehr begutachten konnten. Im Laufe unseres Rundgangs zeigte er uns insbesondere die Stelle, mit bereits bekanntem Kommentar, an welcher er seinen Fundgegenstand ausgegraben hatte.

Währenddessen hatte die Hausherrin einen kleinen runden Tisch und vier Stühle, am Fuße des Mangobaumes aufgestellt. Becher und eine halb volle Flasche Rum standen ebenfalls bereit.

Er ersuchte uns doch gleich Platz zu nehmen, währenddem das Thema Garten, eiligst mit einpaar Worten, abgeschlossen wurde. Er schien etwas aufgeregt, doch ich bemerkte gleich, dass es eher die Neugier war, die ihn so aufreizte. Demzufolge wollte ich ihn auch nicht länger auf die Folter spannen.

„Monsieur Obadhia ..., ich kann Ihnen sagen, dass Ihre Geschichte mich sehr interessiert. Ich jedenfalls bin davon überzeugt, dass Sie weder geträumt, noch die Geschichte erfunden haben. Sie hatten eine Vision, genauer gesagt, Sie haben einen Augenblick in die Vergangenheit gesehen. Die Männer, die an Ihnen vorbeigingen, konnten Sie nicht sehen, da Sie selbst jetzt leben und daher, zu deren Lebzeiten ja nicht anwesend sein konnten. Zu welchem Zeitpunkt genau, dies geschah, kann ich Ihnen nicht sagen. es war jedenfalls irgendwann im Laufe des fünfzehnten Jahrhunderts."

Obadhia blieb einen Augenblick fassungslos, dann schnellte er hoch, eilte zur Haustür und rief seiner Gattin zu:

„Siehst du Frau …! Ich hab es immer gesagt, aber niemand hat mir geglaubt! Nun hat der *Missie* aus Frankreich die Wahrheit herausgefunden!"

Gleich darauf kam er wieder eiligen Schrittes zu uns zurück an den Tisch. Noch bevor er sich wieder hinsetzte und ich weiterreden konnte, schenkte er uns einen halben Becher Rum ein.

„Den Erfolg müssen wir feiern!" Rief er. Wir genehmigten uns einen Schluck, dann sagte ich:

„Nun …, die Wahrheit herausgefunden, wie Sie sagten, ist vielleicht doch etwas übertrieben, ich nehme an, dass es zumindest so gewesen sein könnte.

Könnten Sie mir vielleicht noch einpaar Fragen beantworten, die mir behilflich sein könnten meine Vermutungen etwas zu verfeinern?"

„Gerne, wenn ich es nur kann."

„Wenn ich recht verstanden habe, dann war es zu Begin der Ausgrabungen, als es geschah."

„Ja, zwei oder drei Tage waren die Leute hier."

„Und das war das einzige Mal, dass Ihnen so was, oder Ähnliches passiert ist?"

„Nein …, doch vielleicht, *Missie!* Aber man glaubte mir ja nicht! Meine Frau und noch andere, sie haben mich nur ausgelacht. Deswegen habe ich nichts mehr erzählt. Die wären imstande gewesen, mich einsperren zu lassen."

„Was Sie nicht sagen!"

„Ha! Ich hab noch vieles gesehen! Jetzt kann ich es Euch ja sagen."

„Und jetzt …, in letzter Zeit?"

„Nein, nichts mehr, seitdem die Leute aus Mahebourg nicht mehr hier sind."

„Na also …, hab ich es dir nicht gesagt, Robert? Es bestand ein Zusammenhang mit den Ausgrabungen."

„So weit, so gut. Aber, wieso haben die Andern nichts gesehen?", meinte Robert.

„Nun, ich vermute mal, dass unser Freund vielleicht in einer geistigen Verfassung ist, die wir und sogar er selbst, nicht wahrnimmt. Außerdem hatte er ja auch nur persönlich dieses Bruchstück in den Händen."

„Und die Archäologen …, was ist mit denen?"

„Keine Ahnung …, zumindest noch nicht.

Ich werde mal versuchen, Euch meine Theorie, so einfach wie möglich zu erklären.

Also, als ich hier ankam, haben wir beide uns am Flughafen getroffen. Das heißt, wir standen uns gegenüber und sahen uns gegenseitig. Wieso? Weil wir beide uns physikalisch, zur gleichen Zeit, am gleichen Ort befanden. Nun, unser Freund, Monsieur

Obadhia, stand zwar am gleichen Ort, wo diese Männer, vor Jahrhunderte, vorbeigingen. Daher, logischerweise, nicht zur gleichen Zeit. Demzufolge hätte er sie eigentlich auch nicht sehen können.

Jedoch, da diese vor langer Zeit einmal existiert hatten, konnte er diese Männer, gemäß meinen eben erwähnten Vermutungen, im Zusammenhang mit seiner geistigen Verfassung, klar und deutlich erkennen. Diese Männer hingegen konnten ihn nicht sehen, da er, zu deren Lebzeiten, noch gar nicht existierte.

Die ganze Sache ist doch ziemlich kompliziert und meine Erklärung vielleicht doch etwas zu oberflächlich.

Könntest du unserem Freund es so ähnlich, in seiner Sprache erklären? Ich glaube nicht, dass er alles verstanden hat."

Obadhia folgte Roberts Erklärung sichtbar interessiert. Dann und wann nickte er bejahend mit einem breiten Lächeln.

„So war es bestimmt! *„Li Missie, li conne"*, der Herr weiß, wovon er spricht!"

„Sie sagten doch eben, Sie hätten noch Vieles gesehen. Können, oder besser, möchten Sie uns noch Weiteres erzählen?"

„Ja gerne …! Wenn es Sie interessiert?"

„Aber selbstverständlich, *Missie* Obadhia!"

Dann begann er uns eine Geschichte zu erzählen, die sich wahrscheinlich ebenfalls, vor der Entdeckung der Insel von den Europäern, abgespielt haben musste. Er wurde mehrmals und an verschiedenen Orten in diese Zeit versetzt. Es geschah ähnlich wie das erste Mal, allerdings nur dann, wenn er alleine unterwegs

war, und nur während der Zeit, solange die Archäologen dort beschäftigt waren. So wie er ja bereits erwähnte."

„Kommt mit ...! Wir gehen bis dort oben, wo die Ziegen sind,
von dort zeige ich Euch, wie es begann, nur zwei Tage später."

Wir folgten ihm bis auf die Anhöhe.

Wenn man von diesem Ort, unweit der Westküste, am Fuße
des, *Piton de la riviere noire,* das Auge nach Suden richtet, erblickt
man eine Bucht. In der Ferne erkennt man den *Morne Brabant;* ein
gewaltiger Felsen in Form eines Kegelstumpfs, dessen dunkele
Kontur, sich vom hellen, bläulich glitzernden Hintergrund, von
Himmel und Meer absticht. Für unser Auge ein auserlesenes Pa-
norama!

„Manchmal, wenn ich bei den Ziegen nach dem Rechten sehe,
meistens am Spätnachmittag, werfe ich einen Blick aufs Meer und
den Himmel, um zu sehen, wie das Wetter wird.

Auf einmal bemerkte ich, dass ich die Zuckerrohrpflanzungen
dort unten nicht mehr sehen konnte. Alles das, was Ihr da seht, es
war nur Wald. Dann sah ich draußen, außerhalb der Brandung,
ein großes Segelschiff vor Anker liegen und ein Boot, mit fünf o-
der sechs Mann an Bort, welches sich dem Strand näherte. Nur
einpaar Minuten, verharrten sie dort, dann ruderten sie wieder
zurück zum Schiff.

Ich sah noch, dass sie einen ihrer Kameraden am Strand zu-
rückließen, dann war alles vorbei und die Umgebung wurde auch
wieder so wie wir es jetzt sehen."

„Es war in der Tat eine weitere Vision aus der gleichen Epoche, wenn auch zeitlich gesehen kürzere, dennoch ähnliche wie die Erste", kommentierte ich.

„So ungefähr, nur war ich dieses Mal nicht einbezogen. Ich sah nur von Weitem dieses Bild und hier oben um mich herum blieb alles normal." Berichtigte Obadhia.

Darauf kehrten wir zu unserem Tisch zurück und Obadhia erzählte und erzählte ...! Doch was er dann beschrieb ..., wie und wo, er das alles gesehen haben könnte ..., war mir zunächst noch rätselhaft.

Als er uns dann sagte, dass der lückenlose Verlauf dieser Geschichte ihm mündlich von seinen Vorfahren überliefert wurde und er nur, dann und wann, Visionen gehabt habe, die in diese Legende hineinpassten, begann ich erst zu begreifen. Seine Erlebnisse waren vielleicht eine gewisse Bestätigung der uralten Hinterlassenschaft. Oder auch wiederum nicht. Vielleicht waren es dies Mal, aber auch nur Erinnerungen aus den Erzählungen seiner Vorfahren die, wenn er sich an bestimmten Orten befand, in seinen Gedanken wieder hervor kamen.

Dass ich im weiteren Verlauf meines Aufenthaltes auf der Insel eines Besseren belehrt würde, konnte ich zu dem Zeitpunkt noch nicht ahnen.

Er erzählte uns das Abenteuer von zwei jungen Frauen oder Mädchen. Obadhia behauptete, dass er einige Male, doch immer nur für kurze Momente, in diese Geschichte hinein versetzt worden sei.

Ich dachte, dass nachdem wir ja bereits einige seiner Erzählungen überprüft hatten und diese als absolut plausibel anerkannt hatten, wäre es ja möglich, dass nun auch, zumindest etliches, der Wahrheit entsprechen könnte.

6

Ein Sklavenschiff war unterwegs von Sansibar nach Persien. An Bord befanden sich auch einige wertvolle junge Sklavinnen. Diese waren zu ihrem Glück, in den Kajüten des Kapitäns und dessen Offiziere untergebracht, um sie vor den Übergriffen der Mannschaft zu schützen.

Ein Zyklon kam auf, und trieb das Schiff von seiner Route, weit nach Osten ab. Schon bevor es unweit der Inseln, endgültig in den Fluten versank, war bereits die hälfte der Besatzung über Bord gegangen. Allem Anschein nach hatte niemand das Desaster überlebt ...

So, oder so ähnlich, begann Obadhias Erzählung ...

Am frühen Morgen hatte sich der Sturm gelegt und die See hatte sich beruhigt. Am Korallenriff zerschellten noch die letzten schweren Wogen, sodass am Strand nur noch kleine Wellen, regelmäßig und fast lautlos im Sand ausrollten. Außer dem Grollen der Brandung in der Ferne und dem Zwitschern einiger Vögel, in den Bäumen, herrschte ringsum eine geheimnisvolle Stille.

In einer kleinen Bucht lagen verstreut im noch durchnässten Sand, einzelne leblose Körper. Es konnten nur die sterblichen Überreste derer sein, die vom Sturm und der wütenden See, während der Nacht, dort angeschwärmt worden waren.

Es waren zwei Männer und zwei Frauen, die dort lagen.

Der entstellten Kleidung nach war dennoch zu erkennen, dass die beiden Männer zu den Kommandierenden des versunkenen Schiffes gehörten. Einer der beiden hätte mutmaßlich, sogar der Kapitän selbst sein können. Die Frauen waren nur noch spärlich mit den Überresten ihres einzigen, hemdähnlichen Gewandes bedeckt. Möglicherweise hatten die beiden Männer versucht, ihr Leben und ihr einziges noch zu bergende „Vermögen", die zwei Sklavinnen, in einer Schaluppe an Land zu retten, doch bevor sie das Ufer erreichten, zerschellte auch ihr Boot in der Brandung.

Alle die da Lagen waren tot, so schien es zumindest.

Dann plötzlich bewegte sich eine der Frauen. In verkrampften Bewegungen begann sie, zu röcheln und zu husten. Nach einer Weile versuchte sie sich aufzurichten, fiel aber sogleich wieder in ihre Bauchlage zurück. Sie versuchte es noch mehrmals, bevor sie kniend, den Oberkörper aufrecht halten konnte.

Immer noch keuchend und spuckend schaute sie sich wie verwundert um, denn klar denken konnte sie scheinbar noch nicht. Was war geschehen …, wo war sie eigentlich …?

Erst als sie die andern um sich herum liegen sah und ihre Freundin erkannte, kamen langsam Erinnerungen hoch.

Noch kraftlos schleppte sie sich, auf allen vieren, zu ihr hinüber, begann an ihr herum zu rütteln und versuchte den leblosen Körper in eine Seitenlage zu bringen.

„Tarita …! Tarita …, wach auf!!" Rief sie mit zitternder Stimme.

Doch nichts tat sich. Aufgeregt tastete sie nach Taritas Puls. Sie lebte! Ihr Herz schlug, schwach, aber es schlug noch.

Mit all ihren Kräften versuchte sie, ihre Genossin zum Leben zu erwecken. Lange, bange Minuten vergingen noch. Sie selbst war am Ende ihrer Kräfte, als plötzlich ein Strahl Wasser und Sand aus Taritas Mund schoss und sie schnaubend nach Luft rang.

Noch fast eine halbe Stunde lang, lagen beide unbeweglich da Kräfte zu sammeln und ihre Gedanken zu ordnen.

„Wo sind wir, Zamir …? Was ist geschehen?" Fragte Tarita.

„Wir sind an Land! Nur kann ich mich fast an nichts erinnern. Wir waren in einen gewaltigen Sturm geraten …! Ich glaube …, ich denke …, unser Schiff muss wohl untergegangen sein!"

„Und die andern?"

„Ich weis es nicht …, vielleicht sind alle tot! Bleib ruhig liegen, ich sehe mal nach den beiden die dort hinten liegen."

Darauf raffte sich Zamir auf und schlenderte, immer noch unsicheren Schrittes, auf die Männer zu. Zunächst warf sie, aus sicherem Abstand, nur einen prüfenden Blick auf die beiden. Als nichts sich regte oder bewegte, trat sie vorsichtig an den Ersten heran. Einen Augenblick sah sie ihn noch regungslos an, dann stieß sie ihn, einpaar Mal mit dem Fuß an. Nichts tat sich. Nachdem sie festgestellt hatte, dass auch der Zweite kein Lebenszeichen mehr von sich gab, kehrte sie zu Tarita zurück.

„Tot …!", sagte sie kurz und setzte sich wieder neben Tarita hin. Eine Weile starrte sie schweigend aufs Meer hinaus. Dann meinte sie:

„Die beiden können uns und auch anderen Frauen nichts mehr antun. Nur schade, dass wir ihnen auch nicht mehr heimzahlen können, was sie uns angetan haben."

„Bist du sicher, dass sie tot sind? Hast du sie erkannt?"

„Oh ja! Die sind sogar mausetot! Einer ist der, bei dem du warst und der andere ist der Kapitän, ich war bei dem, wie du ja weißt. Dieses Schwein ...!"

„Gut, aber was machen wir nun? Wir müssen unbedingt Wasser und Nahrung finden."

„Das werden wir! Der Kapitän hat noch seinen Säbel und sein Messer am Gürtel, der andere hat nur sein Messer. Das ganze Zeug können wir gebrauchen. Das nehmen wir mit ..., und dann machen wir uns auf die Suche."

„Und was ist mit deren Uniformen? Können wir die nicht anziehen?"

„Oh nein, Tarita, vergiss es! Die fass ich nicht mehr an!

Was soll's, ich weiß zwar nicht, wo wir sind, aber es scheint eine warme Gegend zu sein. Aus dem, was uns bleibt, knoten wir uns einen Lendenschurz zusammen. Das dürfte fürs Erste genügen."

„Wenn du meinst ...".

Seitdem die beiden Frauen, sozusagen von den „Toten" auferstanden waren, stand die Sonne nun bereits hoch am Himmel. Nachdem sie sich notdürftig gekleidet und sich die Waffen der beiden Leblosen angeeignet hatten, machten sie sich auf, das unbekannte Land zu erkunden.

Sie kämpften sich zwar tapfer voran, doch Durst und Hunger quälten sie gewaltig und dieser ekelhafte, salzige Meerwassergeschmack brannte wie Feuer in ihren Kehlen. Tarita hatte sich bereits ein Mal übergeben.

Sie mussten unbedingt Wasser oder saftige Früchte finden, ansonsten würden sie wahrscheinlich, nicht mehr lange durchhallten.

Bislang waren sie immer nur bergauf gegangen, doch allem Anschein nach, hatten sie endlich den höchsten Punkt einer Anhöhe erreicht. Dennoch hatten sie keine Übersicht auf das vor ihnen liegende Gelände, denn die Vegetation versperrte ihnen die freie Sicht. Es kam der Gedanke, auf einen Baum zu steigen, doch dazu fehlten im Augenblick die Kräfte.

Zamir meinte: „Wo Berge sind, da sind auch Täler, und in diesen, haben wir die besten Chancen Wasser zu finden."

Während ihres Abstieges standen sie unerwartet am Rande einer kleinen natürlichen Lichtung, als Tarita etwas seitlich, einen ihr bekannten Strauch erblickte, rief sie erleichtert aus: „Komm, Zamir! Sieh dort hinten …, unsere Rettung!" Es waren Litschipflaumen.

Die erfrischenden Früchte stillten nicht nur zeitweilig Hunger und Durst, es kam auch wieder neuer Mut auf.

Nur wenig später standen sie einem andersartigen Problem gegenüber, vor ihren Augen, ging es plötzlich steil in die Tiefe. An dem Ort kamen sie nicht weiter. Also gingen sie dem Abgrund endlang, in der Hoffnung irgendwo eine Abstiegsmöglichkeit zu finden.

Zamir war nicht nur die größte der beiden, sie war auch kräftiger gebaut als Tarita, und sie war es auch, die sich den Säbel ihres Peinigers angeeignet hatte, daher ging sie immer voran.

Plötzlich blieb sie stehen und lauschte.

„Hör mal …! Da rauscht was …, es könnte ein Wasserfall sein!"

„Du hast recht …! Das kann nur ein Wasserfall sein, und es kann auch nicht mehr sehr weit sein."

Nur wenige Minuten später standen sie am Rande eines gewaltigen Kraters. Es war, in der Tat, ein kleiner Fluss, der dort fast hundert Meter in die Tiefe stürzte. Nur befanden sie sich fast genau gegenüber und um an das heiß ersehnte Nass heranzukommen, bestand keine andere Lösung, als, am Rande entlang, die Kluft noch zu umgehen.

Dort in der Gegend, die man *Chamarel* benannt hat, behauptete Obadhia, die beiden Frauen, auf der ihm gegenüberliegenden Seite, ein Weilchen, gesehen zu haben. Jedenfalls war er davon überzeugt, dass es sich mit Sicherheit, um Zamir und Tarita, gehandelt habe. Denn heutzutage, sagte er, würden wohl keine Touristen es wagen, nur mit einpaar Fetzen weißem Tuch um die Hüften, dort herumzulaufen. Außerdem waren sie, so wie es immer geschah in seinen Visionen, nach einigen Augenblicken, wieder verschwunden.

Die ersten Tage und Wochen auf der Insel waren für die beiden Schiffbrüchigen, alles andere als behaglich. Am zweiten Tag entdeckten sie, unweit vom Wasserfall, eine kleine Höhle, die sie sich als vorläufige Unterkunft einrichteten. Einige Tage später hatten sie sich einen Pfad bis zum höchsten Punkt oberhalb ihrer Behausung befreit. Von dort aus hatten sie gute Sicht weit über das Gelände. Sie kamen zu der Erkenntnis, dass sie auf einer Insel gestrandet waren und, dass ihre neue Heimat, so weit sie sehen konnten, unbewohnt war.

Sie wurden dessen bewusst, dass sie nun alleine zurechtkommen mussten. Einen Ausweg, oder die Möglichkeit friedlich gesinnte Artgenossen zu begegnen, schien hoffnungslos.

Eines wirkte in etwa beruhigend, sie hatten bislang auf ihren Feldzügen keine Anzeichen oder Fährten bemerkt, die auf Anwesenheit von gefährlichen Raubtieren hindeuteten.

Noch waren sie ständig auf Nahrungssuche. Sie mussten erfinderisch werden. Sie mussten die Möglichkeit finden, bei jedem Ausgang, mehr Wasser und Nahrung zu transportieren und zu speichern.

7

Seit zwei Jahren lebten Zamir und Tarita nun bereits auf der einsamen Insel im Indischen Ozean. Bislang hatten sie, und sei es auch nur aus der Ferne, keinerlei Artgenossen beobachtet.

Sie hatten vieles entdeckt, und gelernt das Meiste davon, zu ihren Nutzen anzuwenden. Sie waren eigenständig geworden und auf keine Hilfe mehr angewiesen. Aus allen Materialien, die sie herbeigeschafft hatten, waren Jagdwaffen, Werkzeuge, Körbe und Matten geworden.

Auch sie selbst hatten sich an ihren neuen Lebensraum angepasst. Ihre vor Jahren, helle Hautfarbe, war dunkler geworden, und wenn auch ihre weißen Lendenschurz von damals, längst das Zeitliche gesegnet hatten, so hatten sie sich auch weiterhin für eine ähnlich minimale, möglichst einfache, pflanzliche Bekleidung entschieden.

Eines Tages dann geschah das Unerwartete.

Ihre Behausung befand sich, im Meer abgewandten Hang der Anhöhe, welche sie am ersten Tag, von der Bucht aus, erklommen hatten. Diesseits war der Weg zum Strand kürzer und unbeschwerter, das Meeresufer war zwar breit und flach, jedoch mit grobem Kies bedeckt und nur von einem begrenzten Korallenriff geschützt, sodass bei Flut, die Wellen gefährlich bis an Land schlugen.

Da sie seit Langem die Gefahr einer gefährlichen Begegnung nicht mehr in Betracht zogen, machten beide manchmal einen kurzen Ausflug im Alleingang.

Tarita fühlte sich an jenem Tag in Höchstform und ging hinunter zum Strand, um dort ihre Reaktionen zu trainieren.

Es war zu der Uhrzeit, wo sich die Flutwellen bemerkbar, immer weiter zurückzogen. Tarita hatte sich ein Spielchen gegen, und mit den Wellen ausgedacht.

Wenn sich das Meer zurückzog, markierte sie mit einem weichen Stein, dickere Brocken, über welche sie dann, vor der nächsten, herannahenden Welle, zum Strand hüpfte.

Nach und nach wurden so, die markierten Steine immer zahlreicher, und somit der Rückweg immer länger und schwieriger. Dann passierte das eigentlich, vorhersehbare Missgeschick.

Sie war auf halbem Wege, mit einer nicht ganz harmlose Welle an den Fersen, als einer der Steine unter ihrem Fuß wegkippte. Sie verlor das Gleichgewicht und landete, der Länge nach im Geröll. Im gleichen Augenblick wurde sie auch schon von den Wassermassen überrollt. Es war mit Sicherheit ein schmerzhafter Absturz, doch glücklicherweise hatte sie sich nicht ernsthaft verletzt, denn besinnungslos wäre sie wahrscheinlich, vom Rückfluss in tiefere Gewässer hinausgeschwemmt worden.

Trotz Schmerzen musste sie sich nun beeilen, ans Ufer zu gelangen, um nicht nochmals, von der nächsten Welle, erfasst zu werden.

An Land humpelte sie eine Weile hin und hehr, indem sie die schmerzenden Bereiche gelinde abtastete und sie konnte beruhigend, feststellten, dass jedenfalls, noch alle Körperteile vorhanden waren.

Alsdann setzte sie sich hin und überlegte, ob es wohl angebracht wäre, Zamir von ihrem Künstlerpech zu berichten. Doch sie wurde sich dessen bewusst, dass sie äußerst leichtsinnig gehandelt hatte und ihren Übermut fast mit dem Leben bezahlt hätte. Sie kam letztendlich zu dem Entschluss, doch lieber einen harmloseren Unfall vorzutäuschen. So ganz ohne Erklärung würde sie wahrscheinlich nicht davonkommen.

Dann machte sie sich auf den Heimweg. Es ging einigermaßen, wenn auch, bei bestimmten, etwas absonderlichen Bewegungen, noch ein Gewisses, „aua, aua!" ertönte.

Ungefähr eine Woche später, Tarita hatte ihr Erlebnis schon so gut wie vergessen. Beide hatten fast den ganzen Vormittag, in ihrer Höhle, an einpaar zusätzlichen Utensilien gearbeitet. Sie hatten nicht bemerkt, dass unten am Strand, in einer kleinen Bucht, auf der anderen Seite der Wasserfälle, dort wo sie ihr Trinkwasser schöpften, unangemeldeter Besuch eingetroffen war.

Sechs Mann, bewaffnet mit Säbeln und Messern, an Bort einer Schaluppe, waren dort an Land gegangen. Ihrer Aufmachung nach zu urteilen, konnte es sich nur um Piraten handeln. Nur einer der Männer trug einen schwarzen Hut mit breitem Rand, welcher an der Vorderseite hochgeklappt und mit einem Medaillon oder Münze, an der Kappe befestigt war. Außerdem trug er ein Hemd, das vor Zeiten einmal, hätte weiß gewesen sein können. Er war auch der Einzige, der Schuhwerk an den Füßen hatte. Genauer gesagt, es waren Stiefel, mit, unter dem Knie umgekrempeltem, hohen Schaft. Alle andern waren barfüßig, die Lappen ihrer zerfetzten Hosenbeine, baumelten um Ihre Waden und ihre Kopfbedeckung bestand lediglich aus einem, im Nacken geknoteten Kopftuch.

Sobald der Bug auf Grund lief, sprang die Besatzung ins Wasser und schob das Boot, mit vereinten Kräften, außer Sicht.

Man entlud noch Schaufeln, Hacken, Seile und lehre Hanfsäcke.

Der Kapitän beorderte noch zwei seiner Mannschaft, dort an Ort und Stelle, das Boot zu bewachen, dann verschwand die Gruppe im Dickicht.

Diese Männer, Kapitän voran, schienen sich nicht auf, gut Heil voran zu bewegen. Der Kapitän änderte ohne Unterlass die Richtung. Er ging akkurat von einem markanten Punkt zu einem andern: ein Baum, ein Felsblock, ein Hügel ...

Es stand fest, er wusste genau, wo das, was er suchte, sich befand. Doch plötzlich machte er Halt.

„Wo zum Teufel ist er hin?"! Fluchte er.

„Verdammt noch mal ...! Von hier aus müsste man ihn sehen! Wir können ihn doch nicht verpasst haben!" Fügte einer seiner Männer hinzu.

„Auf keinen Fall! Seht euch mal um, es muss hier irgendwo sein!" Kurz darauf rief er: „Halt, halt ..., da ist er", indem er auf einen beachtlichen, entwurzelten Baum zeigte. Der Stamm war zerborsten und bis in die oberen Äste schwarz verkohlt.

Dieser dahingeschiedene, kolossale Hundertjährige, den die Vegetation begonnen hatte zu bestatten, war derjenige, den der Kapitän und seine Mannen suchten. Es war am Fuße dieses Giganten, wo man vor einigen Jahren, eine fabulöse Ausbeute vergraben hatte.

Himmel und Erde verfluchend, begann man fieberhaft, zwischen den meterhoch, in alle Richtungen, herausragenden Wurzeln zu graben. Einer war sogar in den herausgerissenen Krater gestiegen, idem sich, mit der Zeit, ein grünlich schimmernder Tümpel gebildet hatte.

„Meint Ihr nicht, Kapitän, dass uns jemand zuvor gekommen sein könnte?"

„Sei doch nicht albern, Kader! Wer könnte das wohl sein? Ich komme seit Jahren hier hehr, diese Insel ist unbewohnt und vom Meer ..., nein, das ist unmöglich! Ich weiß, dass alles da liegt, nur wird es unmöglich sein, diesen ganzen Haufen Erde in einpaar Stunden, umzugraben. Ich fühle es, unser Koffer ist noch hier!

Das ist doch nicht die Arbeit von irgendwelchen Männern. Der Baum war einer der höchsten, ich nehme eher an, dass er vom Blitz getroffen wurde."

„Mit einpaar guten Ladungen Pulver, hätte man ihn auch zu Fall bringen können."

„Blödsinn!" Schrie der Kapitän. „Du bist noch blöder als Kader! Denk doch mal nach! Siehst du denn nicht, dass der Stamm von oben nach unten aufgerissen ist! Welcher Esel würde denn eine Ladung oben im Baum anbringen, um ihn zu entwurzeln?"

Während man auf einer Seite des Stammes über die Möglichkeiten und Ursachen der Katastrophe argumentierte, rief plötzlich einer von der anderen Seite des Stammes: „Heh ..., Kapitän, ich glaube, hier ist was!" Sogleich stürmte die ganze Sippschaft hinüber und wenig später hob man einen, kaum noch erkennbaren, zerquetschten Koffer ans Tageslicht.

Der Verschluss war noch unversehrt, doch der untere Teil war teilweise aufgeborsten. Als man die eingedrungene Erde aus dem Inneren herauskratzte, kamen nur noch einige Goldmünzen zum

Vorschein. Auch rundum fand man nur noch einige weitere Münzen und einpaar klägliche Schmuckstücke. Alles in allem, war es nicht einmal die Hälfte, von dem, was der Kapitän damals dort versenkt hatte.

„Seht ihr ..., ich glaube nicht, dass jemand das Zeug gefunden hat! Denn ..., gleich, wer es auch gefunden haben könnte, wieso hätte er dies alles zurückgelassen.

Los ...! Rafft alles zusammen, was ihr finden könnt. Es ist nicht sachdienlich so unsere Zeit zu vergeuden. Wir werden verstärkt in Mann und Material zurückkommen, und dann werden wir diesen verdammten Haufen Erde umwühlen, bis wir die letzte Perle und die letzte Münze gefunden haben!"

Darauf ruderten die Piraten mit ihrer mageren Beute, zum Schiff zurück. Von deren kurzem Besuch hatten Zamir und Tarita, an jenem Tag, nichts bemerkt.

Doch nur zwei Tage später kam der Kapitän mit verstärkter Mannschaft auf die Insel zurück. Weder die Piraten, noch die beiden Sesshaften, ahnten, dass ihnen allen, eine hälftige Auseinandersetzung bevorstand.

So wie alle zwei oder drei Tage, musste eine der beiden hinunter zur Bucht, um frisches Trinkwasser zu beschaffen. Außer ihrem Dolch, den Tarita ständig an der Hüfte trug, nahm sie keine Waffe mit auf den Weg. Wozu auch? Es bestand ja keine Gefahr und mit der Last des Wassers hatte sie schon genug zu tragen.

Normalerweise durchquerte sie die Bucht immer der Wasserlinie entlang, so hatte sie, auf der anderen Seite, nur noch einige Schritte bis zum Süßwasserlauf.

Am Strand angekommen, bemerkte sie gleich etwas Merkwürdiges. Ungefähr in der Mitte der Bucht sah sie etwas, wie eine Furche im Sand, welche vom Meer aus, fast schnurgerade, bis ins Gebüsch führte.

Vorsichtig schlich sie sich im Unterholz, an die Stelle heran, wo die mysteriöse Trasse unter den Blättern verschwand. Plötzlich horchte sie auf, sie konnte zwar noch nichts Genaues erkennen, doch sie hörte, dass sich da zwei Männer mit gedämpfter Stimme unterhielten.

Sie schlich sich noch einpaar Schritte geräuschlos näher heran, dann erkannte sie, zwischen den Blättern und Zweigen hindurch, ein schweres Boot. Die beiden Männer saßen neben ihrem Boot so, dass Tarita nur ihre Kopfbedeckung sehen konnte. Es waren ohne Zweifel Piraten!

In dem Augenblick, wo sie dies erkannte, war das Entsetzen so mächtig, dass sie nicht klar denken konnte. Dennoch zog sie sich, so diskret, wie sie gekommen war, eiligst zurück. Dann kam ihr der Gedanke, dass Zamir alleine und nichts ahnend, dort oben weilte.

Diese Zwei waren mit Sicherheit nicht die Einzigen, die an Land gekommen waren und es bestand die Gefahr, dass weitere, bereits landeinwärts unterwegs waren. Hoffentlich hatte man ihre Unterkunft noch nicht entdeckt. Sie musste so schnell wie nur möglich zurück, um Zamir zu benachrichtigen.

Tarita versuchte auf kürzerem Weg, durch das Gebüsch, ihren gewohnten Pfad zu erreichen, doch ohne es wahrzunehmen, hatte sie im Dickicht die Richtung geändert und geriet abseits.

Nur langsam wurde sie sich ihrer Situation voll bewusst. Sie musste endlich wieder klar denken und nicht weiter kopflos herumirren.

Sie ahnte nicht, dass sie in ihrer panischen Flucht, unweit der Stelle vorbeigelaufen war, wo die Piraten nach ihrem Schatz suchten. Infolge der von ihr selbst erzeugten Geräusche im Unterholz hatte sie die Stimmen der Männer nicht wahrgenommen, doch diese hatten etwas gehört. Es hätte Wild, eine willkommene Jagdbeute sein können.

Wenig später sichtete Tarita eine kleine Lichtung, die ihr gleich irgendwie bekannt vorkam. Sie erinnerte sich, ein oder zwei Mal, mit Zamir dort vorbeigegangen zu sein. Es war die eigenartige, fast runde Form, die sich in ihr Gedächtnis eingeprägt hatte, diese Ähnlichkeit mit einem Loch inmitten der hohen Bäume, wo nur mannshohe junge Bäume, Sträucher und hohes Gras wuchsen.

Vorsichtig wagte sie sich einige Schritte hinaus in die Lichtung, in der Hoffnung, von dort aus, den richtigen Weg zu erkennen.

Sie kam nicht weit, denn plötzlich, tauchte vor ihr, eine Angst einflößende Gestalt auf. Sie wendete prompt und wollte zurück ins Dickicht, doch sogleich stand ihr auch bereits, in dieser Richtung, ein Zweiter im Wege. Wohin sie auch versuchte auszuweichen, immer wieder wurde sie von einem höhnisch grinsenden Ungetüm daran gehindert. Es gab kein Entkommen mehr! Sie stand von vier Bestien eingezingelt.

„Heh, Kapitän!" Schrie einer. „Ein Reh dachtet Ihr …! Aber wo kommt das Rehkitz denn hehr? Sagtet Ihr nicht, die Insel sei unbewohnt?"

Dann stand auch schon der Kapitän in der Runde und begutachtete den Fang.

„Das ist in der Tat unerwartet!" Meinte er. „Doch ist es nicht sicher, dass es sich um eine Indigene handelt. Wir sind ja auch keine Heimischen, trotzdem sind wir hier.

Steckt eure Säbel weg, sie wird uns schon verraten, was hier vor sich geht! Los …, schnappt sie euch!!"

Auf das Kommando des Kapitäns begann sich, der Kreis um die Gefangene herum einzuengen. Als Tarita plötzlich ihren Dolch aus dem Futteral riss und auf den erst Besten ihrer Angreifer losstürzte. Doch gegen diese, für den Nahkampf durchtrainierte Kaper, hatte sie keine Chance. Obgleich es ihr gelang noch einen ihrer Gegner leicht an der Hand zu verletzen, war sie auch schon im nächsten Augenblick entwaffnet.

Selbst von zwei der Seeräuber überwältigt, schien sie scheinbar immer noch nicht geneigt sich zu unterwerfen. Es entstand ein Getümmel, ein Gelächter, ein Vergnügen, das den Freibeutern zu gefallen schien.

Man hätte sie selbstverständlich ohne Aufwand sogleich außer Gefecht setzen können, doch ein „Katz und Maus" Spielchen war eben interessanter, bis endlich der Kapitän Einhalt gebot.

„Das genügt!!" Schrie er. „Bringt mir das Spielzeug hehr!"

Sogleich wurden die Hänseleien eingestellt. Der Kapitän hatte allem Anschein nach, seine Männer doch fest im Griff. Ein frostiges Wort und, das Spiel, war zu Ende!

Der an der Hand verwundete, hatte sich etwas zurückgezogen, um sich einen improvisierten Verband anzulegen. Er hatte Taritas

Dolch aufgehoben, dieses bösartig Teil, welches, im Eifer des Gefechtes, alle unbeachtet am Boden gelassen hatten, und übergab die Waffe dem Kapitän.

„Sehen Sie das, Kapitän, diese Verzierung im Griff."

„Parbleu! Aber das ist doch …! Bringt sie hehr …, und das etwas zackig!!" Schrie er.

Die Stimme des Kapitäns ließ vermuten, dass die Sache ernst werden könnte. Hatte er vielleicht die Initiale oder Ziselierung am Griff erkannt?

Die beiden Männer die Tarita bislang festhielten, ohne Gewalt anzuwenden, fassten plötzlich derart heftig zu, dass sie aufschrie. Mit einem brutalen Griff drehte man ihr die Hände zwischen die Schulterblätter und zerrten sie einigermaßen unsanft zum Kapitän.

„Wo hast du das gefunden?" Fragte er mit borstiger Stimme. Doch er bekam als Antwort nur einen eiskalten Blick.

„Wo … hast … du … das gefunden?" Wiederholte er seine Worte strenger artikuliert.

In den Pranken der Piraten kamen wieder Erinnerungen hoch, an ähnliche Situationen, damals auf dem Sklavenschiff. Da sie noch kein Wort gesprochen hatte, wäre es vielleicht angebracht, so dachte sie, sich so zu verhallten, als würde sie die Sprache des Kapitäns nicht verstehen.

Kader, wie der Kapitän ihn nannte, erkennbar sein erster Offizier, wiederholte mit strenger Mimik die Frage des Kapitäns. Als auch er keine Antwort bekam, zog er gleich seinen krummen Säbel, doch der Kapitän stieß in brüsk zurück.

„Zurück, Kader!" Brüllte er ihn an. „Das bringt doch nichts, wenn sie uns nicht versteht! Hast du schon an diese Eventualität gedacht?"

„Ich bin mir sicher, dass sie uns versteht! Überlasst mir sie nur eine viertel Stunde, Ihr werdet sehen!!"

„Das genügt, Kader! Ich bin hier immer noch derjenige, der denkt."

Dann wandte er sich an Tarita mit bedrohlich erhobenem Zeigefinger.

„Und du …, hör mir gut zu! Du verstehst mich oder auch nicht, das ist mir Jacke wie Hose, wenn du auch beides nicht trägst. Du, oder dein Volk, ihr habt unser Eigentum ausgegraben. Wie solltest du sonst anders, an diesen Dolch gekommen sein?"

„Aber Kapitän, das Messer hat doch nichts …".

„Hallt endlich die Fresse, wenn ich spreche! Ich weiß, was ich sage!

… Früher oder später, wohl oder übel, wirst du mir sowieso alles erzählen. Ich kann dir nur raten, es wäre besser, zumindest für dich, wenn du dich so bald wie möglich entscheiden würdest. Es könnte nämlich sehr bald unangenehm werden."

Als Tarita nach einer kurzen Pause immer noch kein Word gesagt hatte, machte der Kapitän einige Handbewegungen, so als erteile er Befehle ohne Kommentar, und sie ahnte, dass es nun noch schmerzhafter kommen würde. Doch sie hatte sich entschieden zu schweigen, in der Hoffnung, dass sich doch noch eine Möglichkeit offenbaren könnte, ihren Peinigern zu entkommen.

„Heh …, Ihr beide! Einfache Vorsichtsmaßnahme …, fesselt sie! Wir gehen zurück zum Strand. Ich entscheide später, was wir mit ihr machen. Ich muss nachdenken …, sie vielleicht auch."

Das Seilwerk, das man mitgebracht hatte, mit dem Gedanken ihre scheinbar verschwundenen Schätze zusammenzubinden und zu transportieren, wurde nun inopportun angewandt.

Die raue Natur, die herben Gewohnheiten und die eisernen Fäuste der Hochsee Wölfe, waren alles in allem, nicht besonders an die Behandlung einer, darüber hinaus, nur mit einem Hüftröckchen bekleideten jungen Frau, abgestimmt.

Als Tarita laut zu schreien begann, unterbrach der Kapitän jäh die rücksichtslose Aktivität.

„Was soll das Gefummel, ihr Galgenvögel …! Die Hände auf den Rücken, das reicht aus!

Und dann Abmarsch!"

Der Kapitän beabsichtigte, allem Anschein nach, die Insel so schnell wie möglich zu verlassen. Im Geheimen vermutete er, dass diese „Wilde", wohl kaum alleine in der Gegend hauste. Außerdem beunruhigte ihn dieser Dolch, der einem alten Bekannten gehörte. Vor einigen Jahren hatten beide ihre freundschaftlichen Beziehungen, sozusagen, begraben, und er hatte keine Lust ihm jetzt, hier über den Weg zu laufen. Wenn dieser sich nun auch noch mit einer Horde Wilder verbündet hatte, dann sah es schlecht aus, für ihn und seine fünf Männer.

Seinen Vermutungen zufolge ordnete er an, nicht in geschlossener Gruppe, sondern in kleinen, jeweils zwei Mann, in größeren Abständen, den Talmarsch zu gestalten. So könnte, seiner Ansicht nach, im Falle eines Angriffs, vielleicht doch, einer oder der andere entkommen.

Man machte sich also schleunigst auf den Weg in Richtung Strand.

Der Kapitän mit einem Mann, der die Gefangene führte, gingen voran. Er hoffte, dass er sie, bei Gefahr als Schutzschild einsetzen könne.

Zunächst hatte er geplant, Tarita als Ersatz für den verlorenen Schatz mit an Bord zu nehmen und sie auf dem Markt in Madras für gutes Geld anzubieten. Doch so wie sich die Lage entwickelt hatte, überlegte er, ob es nicht besser wäre, sie in letzter Minute, mitsamt Dolch freizulassen.

Eigentlich war es ein gutes Zeichen für den Kapitän, dass er die Wachposten und das Boot, unversehrt antraf. Dennoch ließ er sogleich den Kahn zu Wasser schleppen und alles vorbereiten, um möglichst schnell in See zu stechen.

„Bringt die Gefangene ins Boot!" Rief Kader.

„Halt …! Noch bestimme ich!!!" Brüllte der Kapitän Kader an. Dann fasste er Tarita am Oberarm, schleppte sie etwas abseits und schrie kurz: „Hinlegen!!!" Indem er sie zu Boden zwang. Mit dem langen Ende ihrer Fessel band er ihr die Füße und murmelte: „So …, das war's dann. Das wird dich eine Weile beschäftigen."

Als er dann den Dolch zog, hielt die ganze Mannschaft einen Augenblick den Atem an.

„Was macht Ihr, Kapitän …, bringt Ihr sie um?" Fragte Kader gereizt.

Doch ohne Kaders Frage zu beantworten, stieß er das Messer vor Taritas Augen in den Sand und sagte:

„Da hast du dein Werkzeug …, wenn keiner dich sucht, musst du dich schon etwas abmurksen, bevor du wieder laufen kannst."

Dann erhob er sich, ging zum Boot und grölte:

„Los …! Alle Mann an Bord …! An die Ruder!"

Taritas Verspätung, begann Zamir Sorge zu bereiten. Sie hätte längst mit dem Wasser zurück sein müssen. Sie zögerte noch eine Weile, dann griff sie zu ihren Waffen und machte sich auf die Suche. - Es wäre ja auch nicht auszuschließen, dass sie wieder irgendwelchen Unsinn angestellt haben könnte, - dachte sie.

Mit dieser Überlegung im Hinterkopf nahm Zamir den gewohnten Weg zur Wasserstelle. Am Rande der Bucht angekommen, wurde sie auch gleich fündig.

Was hat sie denn nun wieder angestellt? – Fragte sie sich erschrocken -, als sie Tarita von Weitem sah, wie sie sich erbittert im Sand herum wand. Zamir lief sogleich auf sie zu und rief: „Was machst du …?"! Erst als sie näherkam, erkannte sie, dass die Ärmste mit zusammengeschnürten Händen und Füßen, versuchte, das im Sand steckende Messer, zu erreichen.

Zamir glaubte ihren Augen kaum, denn so wie Tarita, außer Puste da lag, das konnte sie sich unmöglich selbst eingebrockt haben. Und wo kam überhaupt dieser Strick her?

Während Zamir sich bemühte Tarita von ihren Fesseln zu befreien, begann Tarita, immer noch außer Atem, zu berichten, was geschehen war:

„Sie haben mich erwischt!" Stammelte sie.

„Was …, wer hat dich erwischt?"

„Es waren Piraten!!"

Nachdem sich Tarita mehr oder weniger von ihren Strapazen erholt hatte, musste sie Zamir genauestens, über ihr bitteres Erlebnis Bericht erstatten, denn diese hakte immer wieder nach.

In ihrer Behausung angekommen, überlegten beide, wie sie in Zukunft, derartige Überraschungen vermeiden könnten.

Tarita war zunächst davon überzeugt, dass dieser Kapitän wohl kaum, nochmals seine Diebesgüter auf dieser Insel vergraben würde. Im laufe ihrer Überlegungen kam sie doch nach und nach zu der Erkenntnis, dass er dies nur als ein Unglück, ein unvorhersehbares Pech auslegen könnte. Außerdem bestand auch noch die Gefahr, dass vielleicht Andere auf den Gedanken kommen könnten, diese unbevölkerte Insel als ideales Geheimfach zu nutzen.

8

Als Obadhia seine überlieferte Geschichte, wie er sagte, von den beiden Schiffbrüchigen jungen Frauen beendet hatte, saßen wir einen Augenblick schweigend da. Dann fragte ich ihn, ob man nicht erfahren habe, was aus den beiden geworden sei. Und wie man denn dieses alles so ausführlich erfahren habe. Auf meine Fragen konnte er nicht antworten. Er wusste nur, dass diese Geschichte von Generation zu Generation erzählt worden war.

Anzunehmen wäre, dass unter diesen Umständen, einiges in der Geschichte abgeändert oder gar verloren gegangen sein könnte.

Ob etwas darüber in alten Büchern geschrieben stünde, wusste er auch nicht, denn von Geschriebenem hatte er keine Ahnung.

„Aus der Geschichte, die Sie erzählten, haben Sie nur eine einzige Vision in Erinnerung?"

„Ja, so ist es."

„Aus welcher Zeit diese Geschichte stammt, wissen Sie wahrscheinlich auch nicht?"

„Nein …, das weis ich nicht. Ich erinnere mich nur, dass die Piraten, so wie man sie in der Geschichte beschrieb, nicht so aussahen wie diejenigen, die ich dort oben im Wald sah. Diese trugen andere Kleidung und auch ihre Waffen, waren nicht die gleichen."

Wir unterhielten uns noch eine Weile über Obadhias Geschichten und tranken noch einpaar Gläschen Zuckerrohrschnaps, bevor wir uns verabschiedeten.

Unterwegs fragte ich Robert:

„Was meinst du, Robert ..., währe es möglich, noch mal zur Bibliothek zu fahren? Muss ja heute nicht sein!

Unser Freund hat, mit seinen eigenartigen Visionen und Geschichten, eine gewisse Neugier in mir erweckt. Da mir noch fast zwei Wochen Urlaub verbleiben, würde ich gerne noch einige alte Bücher durchstöbern."

„Kein Problem! Eigentlich wäre das ja auch eine interessante Tagesbeschäftigung für dich, da ich Montag meine Arbeit wieder aufnehme. Ich könnte dich morgens mit meinem Dienstwagen dort absetzen und mittags wieder abholen. Ich schätze mal, dass du schon einige Stunden dort verbringen wirst."

„Das glaube ich auch."

„Mit dem Bibliothekar kannst du dich ohne Weiteres, in Französisch oder englisch unterhalten. Er könnte dir bestimmt behilflich sein, bei der Auswahl der Bücher, die dich besonders interessieren."

„Naja, da hast du recht. Hilfe werde ich mit Sicherheit benötigen."

Wir verbrachten das Wochenende mit einigen Freunden am Strand im Norden der Insel, bevor ich, wie geplant, am Montagmorgen meine Recherchen wieder aufnahm. Ich hatte mir vorgenommen, zunächst einmal, um nicht mit einer Wahllosen Suche meine Zeit zu verlieren, eine Beratung von Fachkundigen in Anspruch zu nehmen.

Währendem ich nach jemand vom Personal Ausschau hielt, sah ich plötzlich einen kurios anmutenden alten Mann auf mich zukommen. Ich hatte nicht gesehen von, wo er gekommen war. Er begrüßte mich freundlich und bekannte sich als zuständiger Bibliothekar. Ohne irgendwelche Fragen zu stellen, bot er mir auch gleich seine Hilfe an.

„Setzen wir uns doch." Sagte er, indem er mich zu einem der Tische führte.

Er zeigte sich eher neugierig, denn er hatte gleich bemerkte, dass ich kein einheimischer Besucher war. So wie ich bald feststellte, war er selbst auch kein Eingeborener. Er sprach nämlich ein, wenn auch ziemlich veraltetes, doch perfektes französisch und das, ganz ohne diesen beheimateten Akzent. Es war ein alter Mann, mit schulterlangem, grauem Haar, dem ich da gegenübersaß. Noch kurioser erschien mir, sein wie aus dem Mittelalter stammendes Gewand. Irgendetwas irritierte mich, denn ich war nicht in der Lage, auch nur annähernd, sein Alter einzuschätzen! Das eigenartige daran war, dass er in meiner Anschauung, genau so vierzig als auch hundert Jahre alt sein konnte. Obwohl ich ihn als bejahrt sah, empfand ich dies, als hätte er kein definierbares Alter.

Die Erklärung des Phänomens erkannte ich erst einige Zeit später.

Nachdem ich ihm meine persönlichen Motive unterbreitet hatte, die er bemerkbar konzentriert entgegen nahm, überlegte er kurz ...

„Wenn Sie sich einen Augenblick gedulden möchten, ich glaube, ich habe da etwas, das sie interessieren könnte." Sagte er, indem er sich erhob und einen Schlüsselbund aus seinem Kittel hervorzog. „Bin gleich wieder da." Fügte er hinzu. Alsdann verschwand er für eine Weile in einem Nebenraum.

Meine Vermutung, dass er dort einige Raritäten aufbewahrte, bestätigte sich, als er wenig später, mit einer derartigen Kostbarkeit wieder auftrat. Es musste wohl etwas Besonderes sein, denn er hatte weiße Handschuhe übergezogen und ein gleiches Paar für mich mitgebracht.

„Kommen Sie ..., mal sehen, ob Sie etwas hiermit anfangen können."

Er führte mich daraufhin in einen kleinen Leseraum etwas abseits, und als ich die ersten Seiten des historischen Werkes vor Augen hatte, wurde mir gleich bewusst, dass es keinesfalls ein Zuckerschlecken sein würde, dieses Schriftgut zu entziffern. Das, was er mir da aufgetafelt hatte, war eigentlich gar kein Buch, so wie ich es mir vorgestellt hatte. Das seltsame Stück ähnelte eher einem Stapel sehr altem, vergilbtem und zerbrechlichem Papier.

Die erste Schwierigkeit bestand darin, eine fantasiereiche Handschrift zu entwirren. Zu meiner Erleichterung stellte ich jedoch fest, dass der Text zumindest in Französisch, wenn auch in Altfranzösisch, und nicht in Englisch verfasst war. Ich mutmaßte, dass ich mich doch einigermaßen rasch an die Schriftart gewöhnen würde.

„Was denken Sie?" Fragte er.

„Nun …, das Ganze ist zwar etwas gewöhnungsbedürftig, aber ich glaube, dass ich damit zurechtkommen werde. Allerdings werde ich mit Sicherheit einige Zeit mit der Lektüre beschäftigt sein."

„Das kann ich mir leicht vorstellen. Das ist normal. Nehmen Sie sich Zeit, wenn es Sie interessiert. Wir schließen zwar von zwölf bis vierzehn Uhr. Falls Sie gedenken heute Nachmittag wieder zu kommen. Sagen Sie mir nur Bescheid, wenn Sie Pause machen. Ich schließe dann ab, bis Sie wieder da sind."

„Gut …, auf jeden Fall danke ich Ihnen für Ihre Hilfe."

„Na dann, bis nachher. Jedenfalls wünsche ich Ihnen schon mal viel Vergnügen."

Als Robert kurz vor Mittag vorbeikam, hatte ich kaum drei Seiten durchgearbeitet. Eigentlich war es nicht das Geschriebene zu lesen, was mir die größten Schwierigkeiten bereitete, sondern das Gelesene zu deuten und auch zu verstehen. Ich musste mir immer wieder vor Augen bringen, dass der Autor dieser Schrift, dessen Name ich übrigens nirgendwo finden konnte, wohl ein französischer Seefahrer gewesen sein musste, welcher vor vier oder fünfhundert Jahren gelebt haben könnte. Nur dieser Gedanke, zudem was er schrieb, verpasste mir die Gänsehaut.

Robert war natürlich neugierig und wollte wissen, ob ich etwas Interessantes gefunden habe, doch was ich bis dahin gelesen hatte, konnte und wollte ich, an und für sich, noch nicht kommentieren.

Am frühen Nachmittag brachte mich Robert wieder zur Bibliothek und ich versuchte weiter die geheimnisvolle Schrift, des unbekannten Autors zu entziffern.

Es war vielleicht eine halbe Stunde vergangen, als ich, eigenartigerweise, das Geschriebene, mehr und mehr verschwommen wahrnahm. Vielleicht waren es ja meine Augen, die ermüdeten. Doch als ich mich im Raume umsah, schien mein Sehvermögen nicht im geringsten eingeschränkt, und als ich den Blick zurück auf das Dokument richtete, konnte ich auch wieder alles klar und deutlich erkennen.

Obwohl mir dergleichen noch nie erfahren war, vergaß ich den Vorfall eiligst, und machte mich wieder an die Arbeit.

Nur wenige Minuten später jedoch kündigte sich bereits ein neues Zeichen, oder vielleicht sogar, eine Warnung an. Währenddem ich noch überlegte, ob ich eventuell nicht doch meine Augen oder mein Gedächtnis etwas überstrapaziert haben könnte, begann es zusätzlich in meinen Ohren zu rauschen. Auf dem Blatt vor meinen Augen begannen sich die Schriftzeichen wie aufzublähen, und zu verformen.

In jenen Augenblicken geschah etwas Unglaubliches. Es konnte sich nicht um eine Sinnestäuschung oder Ähnliches handeln, denn ich fühlte mich bei vollem Bewusstsein.

Zunächst kam mir der Gedanke, den Bibliothekar herbeizurufen. Doch würde er mir glauben, würde er etwas Ungewöhnliches erkennen? Wenn nicht, würde er mich wahrscheinlich als Fantast ansehen und mich vom Platz verweisen.

Nun saß ich da und überlegte. Wenngleich ich irgendwie an Obadhias Visionen geglaubt hatte, waren nach und nach doch wieder Zweifel aufgekommen. Und wenn er doch die Wahrheit gesagt hatte? Vielleicht standen mir nun auch ähnliche Erfahrungen bevor?

Ich wurde jäh aus meiner Besonnenheit aufgerüttelt! Es klopfte an der Tür …, es war der Bibliothekar.

So als hätte er meine Gedanken vernommen, stand er plötzlich neben mir.

„Und, mein Freund ..., wie kommen Sie voran? Haben Sie schon was Interessantes gefunden?"

„Nun ja ..., höchst interessant, nur etwas schwierig zu verstehen, die ganze Sache. Ich meine die Schriftart. Man benötigt viel Zeit."

„Verstehe ..., die Schrift, ist an manchen Stellen ..., wie soll ich sagen, etwas undeutlich." Sagte er.

„Haben Sie das auch gelesen?" Fragte ich ihn daraufhin.

„Ja ..., ist aber schon eine Weile her. Hm ...", fügte er hinzu. „Wenn Ihnen etwas besonders auffällt, kommen Sie zu mir, ich helfe Ihnen gerne weiter."

Dann verließ er wieder den Raum.

Seine Fragen und seine Anspielung auf etwas „Besonderes", machten mich stutzig. Könnte er nicht selbst zu jenen Personen gehören, die Einblicke in die Vergangenheit hatten? Mir kam der Gedanke, dass letztendlich Obadhia gar nicht der Einzige sein könnte, dem diese Besonderheiten zuteilgeworden waren, die meisten sich aber nicht darüber geäußert hatten. Vielleicht befürchteten diese, als schwachsinnig angesehen zu werden.

Jedenfalls hatte ich den Eindruck, dass der Bibliothekar mehr wusste, als er im Augenblick preisgab.

All diesen Überlegungen entsprechend, empfand ich zunächst einige Schwierigkeiten mich wieder auf meinen Lesestoff zu konzentrieren.

Ich war neugierig, wann und wie, wenn überhaupt, sich ein nächstes mysteriöses Geschehen offenbaren würde.

Was ich bislang entziffern konnte, war, dass der unbekannte Autor, scheinbar auf unbeabsichtigte Weise, zu dieser unbesiedelten Insel gelangt war. Darüber, wie und wann genau, hatte ich zu dem Zeitpunkt noch nichts herausgefunden.

An jenem Nachmittag manifestierten sich keine ungewöhnlichen Erscheinungen mehr und ich konnte noch drei weitere Seiten ungestört bearbeiten.

Es schien so, als hätte der Autor eine gewisse Zeit allein auf der Insel verbracht. Dennoch musste er wohl nach längerer Zeit wieder in die Zivilisation zurückgelangt sein und dann erst seine Erlebnisse niedergeschrieben haben. Ich konnte mir nicht vorstellen, dass er sich, damals in der Wildnis, das hierzu erforderliche Material hätte, beschaffen können. Es sei denn, er hatte alles notwendige in seiner Ausrüstung.

Nach dem Abendessen begann ich, ohne jedoch zunächst die kuriosen Geschehnisse zu erwähnen, Robert meine spärlichen Erkenntnisse anzuvertrauen und unser gemeinschaftliches Interesse an der Geschichte, ließ uns sozusagen die Zeit vergessen.

Besonders eine der Visionen unseres Freundes Obadhia hatte es uns an jenem Abend angetan. Da wir ja doch, zumindest mehr oder weniger, an seinen Erzählungen glaubten, formten sich einige Hypothesen in unseren Köpfen.

Es war nämlich das, was er gesehen haben soll, vielleicht sogar wirklich gesehen hat, dort oben auf der Anhöhe, unweit seiner Ziegen, als er nach der Wetterlage Ausschau hielt.

„Er sprach doch von einer Schaluppe, und dass einer der Männer an Land zurückblieb." Sagte Robert.

„Genau! Meinst du, es könnte vielleicht unser Schreiber gewesen sein?"

„Warum auch nicht? Wenn es so wäre, dann hätten wir endlich den eindeutigen Beweis, dass Obadhia wirklich Visionen aus der Vergangenheit hatte."

„Das stimmt schon, nur habe ich noch nichts darüber gelesen, unter welchen Umständen der Autor auf die Insel kam."

„Ich könnte mir auch vorstellen, deinen Erkenntnissen gemäß, dass er vielleicht nicht den Anforderungen der Piraten gerecht gehandelt hatte und daher, von seinen Geschäftspartnern, auf die einsame Insel verbannt wurde."

„Deine Vermutung ist nicht schlecht. Vielleicht finde ich ja noch, in den kommenden Tagen, Hinweise die deine Idee eventuell bestätigen könnten."

Ich verbrachte die Nacht etwas unruhig. Immer wieder wurde ich von irgendwelchen, unsinnigen Träumen aus dem Schlaf gerissen, sodass ich den neuen Tag mehr oder weniger bedeppert in Angriff nahm.

„Gut geschlafen?" Empfing mich der Bibliothekar mit einem ironischen Grinsen in den Zügen.

Wer war eigentlich dieser Mann? Er schien mir von Tag zu Tag mysteriöser. So, wie er mich ansah, wenn er seine Fragen stellte. Gleicherweise wie am Vortage, hatte ich den Eindruck, dass er wusste, wie ich die Nacht verbracht hatte.

„Sagen wir mal, einigermaßen."

„Na dann ..., nur weiter so." Sagte er noch, idem er mir die Tür zu meinem intimen Leseraum öffnete. „Vielleicht benötigen Sie ja doch noch meine Hilfe in näherer Zukunft."

Ich nahm meinen Platz ein und versuchte mich zu konzentrieren, doch es fiel mir noch schwer, wieder in die Geschehnisse einzusteigen. Ich dachte darüber nach, wie ich den mysteriösen alten Mann wohl herausfordern könnte, wie ich ihn dazu bringen könnte, wenn auch nur halbwegs, mir sein Wissen zu offenbaren.

Letztendlich machte ich mich dann doch wieder an die Arbeit mit dem Gedanken, mal abzuwarten. Ich hatte mich entschlossen, dass wenn erneut eine unerklärliche Situation auftreten sollte, ihn gleich herbeizurufen. Am Vortage hatte ich noch gezögert gezögert, doch nun war es mir gewissermaßen einerlei, wie er reagieren würde.

Ungefähr eine Stunde war vergangen, und als ich eine Seite umschlug, um die nächste in Angriff zu nehmen, sah ich diese unlesbar verschwommen. So wie ich mir vorgenommen hatte, wollte ich gleich den Bibliothekar rufen, doch ich war plötzlich wie gelähmt, ich war nicht mehr in der Lage mich zu erheben oder laut zu rufen. Im gleichen Augenblick flog mir auch schon das Blatt aus dem Stapel ins Gesicht und mir wurde schwarz vor Augen ...

„Hallo, mein Freund!", hörte ich wie aus weiter Ferne. „Hallo! Aufwachen ...! Es ist, fasst Mittag. Ihr Freund ist da und ich möchte auch abschließen."

Hatte ich doch tatsächlich fast zwei Stunden geschlafen. Als ich wieder einigermaßen bei Sinnen war, wurde ich mir bewusst, dass nichts Außergewöhnliches geschehen war, außer, dass ich mit der Nase auf meine Lektüre gefallen und sogleich eingeschlafen sein musste.

Das Einzige, was ich an jenem Vormittag geerntet hatte, war eine sarkastische Lachsalve des Alten.

Nach einem zusätzlichen Mittagsschläfchen fühlte ich mich wieder fit.

„Du solltest vielleicht in Zukunft unsere Männergetränke nicht unterschätzen." Meinte Robert, als wir uns auf den Weg zur Bibliothek machten.

„Ok. Alles klar!" Erwiderte ich kurz, etwas verlegen. Robert lachte kopfschüttelnd.

Ich ahnte noch nicht, dass ich an jenem Nachmittag das sprichwörtliche „blau Wunder" erleben würde.

Kaum war ich wieder voll bei der Sache, als die Schriftzeichen wieder begannen, zu tanzen und sich zu verformen. Ich kam nicht einmal dazu, den Bibliothekar zu rufen. Das alte, gelbe Papier verfärbte sich grünlich, wurde intensiver und breitete sich über Tisch, Fußboden und Wände aus. Plötzlich erkannte ich in den, sich bewegenden Buchstaben, irgendwelche Gewächse, die größer und größer wurden. In wenigen Augenblicken füllten gewaltige Pflanzen den Raum. Zumindest glaubte ich, dass sie nur meinen Leseraum ausfüllten, doch als ich mich genauer umsah, bemerkte ich erst, dass kein Stuhl, kein Tisch, keine Wände und keine Decke mehr existierten. Ich saß auf einem verrotteten Baumstamm, irgendwo in einem dichten Wald.

Ich war zunächst verwirrt! Saß ich doch eben noch in der Bibliothek an einem Tisch! Und nun ..., war das alles verschwunden.

Es war kein Traum, denn ich war hellwach und ich konnte die Blätter der Pflanzen um mich herum betasten, ich fühlte sie in meinen Händen.

Nun wusste ich, dass Obadhias Visionen keinesfalls in seinem Einfallsreichtum entstanden waren. Dank seiner Erfahrungen begann ich mich zu beruhigen, denn wäre ich Menschen aus damaliger Zeit begegnet, würden diese mich, so wie er sagte, überhaupt nicht wahrnehmen. Außerdem wusste ich, aus neueren Beschreibungen der Insel, dass dort nie gefährliche Raubtiere existiert hatten.

Das Einzige, was mich irritierte war, ich hatte nicht die geringste Ahnung, in welcher Gegend auf der Insel, ich mich befand. Außerdem wusste ich ja auch nicht, wie lange ich dort sein würde. Obadhias Erzählungen gemäß war seine Anwesenheit, immer nur von sehr kurzer Dauer gewesen.

Jedenfalls musste ich versuchen, eine Anhöhe zu erreichen, jedoch ohne die geringste Ausrüstung, kam ich im Gebüsch kaum voran. Ich hatte den Eindruck, bereits über eine Stunde unterwegs zu sein und mir begann so langsam, die Puste auszugehen, als ich nur einige Schritte vor mir, einen Felsblock im Unterholz erblickte. Es schien mir eine, vielleicht einmalige Gelegenheit, eine kurze Pause einzulegen. Ich ließ mich erschöpft darauf nieder und im gleichen Augenblick widerfuhr mir schlagartig, ein unbekanntes Empfinden, vielleicht so ähnlich, als wäre ich vom Blitz getroffen, und ich saß wieder auf meinem Stuhl im Leseraum.

Einige Minuten vergingen, bevor ich wieder Herr meiner Sinne war. Ich schaute auf die Uhr und musste feststellen, dass ich in Wirklichkeit nur einige Minuten lang abgetreten sein konnte, genau so wie Obadhia.

An dem Abend hatten wir reichlich Gesprächsstoff. Sogar Sylvie, Roberts Gemahlin, die sich bislang noch nicht in unsere mysteriösen Gespräche eingemischt hatte, setzte sich zu uns.

Meiner vielmehr peinlichen Erfahrung des Vormittags zufolge verhielt ich mich etwas zurückhaltend, zumindest, was die Wahl der Getränke betraf. Ich bemerkte jedoch, dass man scheinbar auf Mauritius, Vorfälle wie die vom Vorabend, sozusagen eiligst „unter den Teppich" kehrte. Jedenfalls wurden diese Umstände nicht mehr erwähnt.

Am nächsten Morgen empfing mich der Bibliothekar wie gewöhnlich. Doch begleitete er mich nicht, wie an den Vortagen, gleich zum Leseraum.

„Kommen Sie ..., setzen wir uns doch mal einen Augenblick." Nachdem wir platzgenommen hatten, fragte er: „Auf welcher Seite sind Sie denn nun mit der Lektüre?"

„Ich weiß nicht genau ..., da keine Seitenzahlen angegeben sind ..., es müssten ungefähr fünfzehn oder zwanzig sein."

„Gut ..., sehr gut, würde ich sogar sagen. Ich möchte Ihnen daher noch einiges erklären. Wenn es Ihnen recht ist?"

„Selbstverständlich ..., ein wenig Hilfe kann ich derweilen gut gebrauchen."

„Na also ..., wie ich Ihnen schon sagte, ich habe die ganze Geschichte auch gelesen, und ich nehme an, ich bin mir sogar sicher, dass Ihnen schon einige merkwürdige Sachen aufgefallen sind. Oder etwa nicht?"

„Naja, schon ..., eigentlich suchte ich nur nach der Geschichte, der beiden Sklavinnen, die dieser Monsieur Obadhia uns erzählte.

Ich vermute inzwischen, dass seine Erzählung, seine Visionen sowie die Anwesenheit auf der Insel, des Autors unsres Manuskriptes, auf irgendeine Weise, in Verbindung stehen könnten."

„Wäre möglich …, jedoch möchte ich mich im Augenblick, noch nicht über die Vertrauens- oder Glaubwürdigkeit Ihres Bekannten Obadhia äußern. Ich kenne ihn nicht. Ich habe noch nie von ihm gehört. Ich schlage vor, Sie lesen schon mal besonnen weiter. Ich bin mir sicher, wenn eine Relation besteht, dann werden Sie diese auch aufspüren.

Ich habe gleich bei unserer ersten Begegnung gemerkt, dass Sie derjenige sind, imstande dieses einzigartige Schriftstück zu lesen, zu verstehen und …, vielleicht sogar noch mehr als das."

Hiermit hatten wir bereits einiges klargestellt und wir begaben uns zu dem kleinen Leseraum, welcher inzwischen, sozusagen zu meinem Arbeitszimmer gediehen war. Mir kam die Vermutung, dass ich wohl dort den Rest meines Urlaubs verbringen würde.

Mich überkam allerdings ein mulmiges Gefühl, als der Bibliothekar, die Tür aufgesperrt hatte und noch sagte:

„Wenn ich Ihnen noch einen guten Rat geben kann, brechen Sie Ihre Nachforschungen auf keinen Fall ab! Wir haben es mit einem Phänomen zu tun, welches wir nicht kontrollieren oder beeinflussen können. Sollten Sie abbrechen, könnte es für Sie gefährlich werden."

„Wie meinen Sie das?" Fragte ich etwas befangen.

„Lassen Sie alles so geschehen, wie es geschieht, bis Sie am Ende des Buches angekommen sind.

Wenn Sie sich in der Vergangenheit befinden, versuchen Sie keinesfalls, irgendwie oder irgendwann, so dramatisch die Situation auch sein mag, auf irgendeine Weise einzugreifen. Wahrscheinlich können Sie, ich glaube es jedenfalls, sowieso nichts ändern, an dem was bereits geschehen ist. Sollte es Ihnen trotzdem gelingen, dann könnten Sie, im schlimmsten Falle sogar, vielleicht nicht mehr in die Gegenwart zurückkehren!"

„Oje …, das ist ja vielversprechend! Und wenn ich jetzt nicht mehr weitermachen möchte?"

„Mein lieber Freund …! Dazu ist es zu spät! Sie sind bereits zu weit in die Vergangenheit vorgedrungen. Sehen Sie …, das Buch liegt dort offen auf Ihrem Tisch, es wartet auf Sie. Beabsichtigten Sie, es so dort zurückzulassen, dann befürchte ich, dass es Sie bis zu Ihrem Lebensende verfolgen würde. Sie würden Ihre Entscheidung, unter Umständen, Ihr Leben lang bereuen."

Ohne weitere Fragen zu stellen, näherte ich mich nun doch etwas zögernd meinem Platz. Indem der Bibliothekar die Tür behutsam zu machte, fügte er noch hinzu:

„Machen Sie's gut. Sie haben die richtige Alternative gewählt."

Fast eine Woche war vergangen seit dem ausführlichen Gespräch mit dem mysteriösen alten Mann. Ich hatte mich inzwischen bis über die Hälfte der Seiten, ohne nennenswerte Unterbrechung durchgearbeitet. Nur dann und wann, bei Gelegenheit, tauschten wir kurz einige Erkenntnisse aus. Außerdem musste ich bei der Sache bleiben, denn fasst die Hälfte meines Urlaubs, war bereits verstrichen.

Im Laufe dieser Zeit hatte ich auch nur noch einige, blitzartige Einblicke in die Vergangenheit, doch dann plötzlich, erweiterten sich ex abrupto die Erlebnisse.

Wie der Bibliothekar mir am Nachmittag mitteilte, hatte er mich kurz vor Mittag geistesabwesend aufgefunden als Robert mich zur Mittagspause abholen wollte.

„Leider", sagte er mit betrübter Stimme, „konnte ich Sie in dieser Situation nicht gefahrlos, so schlagartig zurückrufen. Ich habe daher Ihrem Freund ausgerichtet, dass Sie sich entschieden hätten, während der Mittagspause durchzuarbeiten."

„Und ..., wie hat er die Ansage aufgenommen?"

„Keine Sorge, er schien zwar etwas erstaunt, jedoch stellte er keine weiteren Fragen. Diese werden Sie ihm wohl nachher selbst beantworten müssen, nehme ich an. Doch seien Sie vorsichtig, er ist noch nicht bereit ..."

Ich hatte zwar mein Mittagessen und zu der Zeit, alltägliches Nickerchen verschwitzt, dessen ungeachtet empfand ich während des ganzen Nachmittags, weder Hungergefühl noch Müdigkeit.

Ich musste wohl dieses Mal doch verhältnismäßig lange unterwegs gewesen sein. Aufgrund dessen hatte ich erwartet, dass der Alte unser Gespräch neugieriger einfädeln würde, um zu erfahren, wo ich gewesen sei und was ich erlebt habe. Doch allem Anschein nach interessierte dies ihn kaum. Es kam mir der Gedanke, dass er es sogar wissen könnte.

So wie ich es bereits vermutete seit einpaar Tagen, die Aufzeichnungen, die ich noch an jenem Nachmittag entzifferte, waren die Fortsetzung der überlieferten Geschehnisse, die uns Obadhia erzählt hatte. Denn auch in diesen Zeilen erkannte ich nämlich gleich die beiden Mädels, ihre Unterkunft und ihr Aussehen entsprachen genau seiner Beschreibung.

9

Nachdem die Piraten zu ihrem Schiff, welches immer noch draußen vor Anker lag, zurückgekehrt waren, hatten ebenfalls Zamir und Tarita ihre Behausung erreicht.

Ich stand am Eingang der Höhle und beobachte die beiden.

Während Zamir, Taritas Handgelenke und sonstige Abschürfungen verarztete, erzählte diese ihr Abenteuer.

Eigenartig war, dass ich ihre Sprache keinem Land zuordnen konnte. Sie unterhielten sich in einer Mundart, die ich noch nirgendwo gehört hatte, dennoch verstand ich auf irgendeine Weise, alles, was sie sagten.

Inzwischen begann es zu dunkeln und Zamir beschloss, noch bevor es stockdunkel wurde, kurz nach dem Rechten zu sehen.

Etwas oberhalb ihrer Höhle, am Scheitelpunkt des Berges, hatten sie sich, im Geäst eines Baumes, einen Hochstand eingerichtet. Von dort aus hatten sie weite Sicht über den Strand und hinaus aufs Meer.

Einem kleinen, vom Gebüsch verborgenen Pfad entlang, begann sie den Aufstieg. Als sie an mir vorbeigegangen war, wollte ich ihr folgen, doch ich wurde sprunghaft an ihren Zielort versetzt und stand bereits am Fuße des Baumes als sie, etwas außer Atem dort eintraf.

So oder ähnlich ging es beständig. Ich war immer einem Ereignis kurze Zeit voraus. Und abermals, kaum hatte sie begonnen am Stamm hinaufzusteigen, befand ich mich bereits im Hochsitz.

Man erkannte in der Dunkelheit nur noch die Umrisse des Schiffes und einige schwach flackernde Lichter an Bord. Dies genügte allerdings, um festzustellen, dass die Freibeuter immer noch da in der Nähe waren.

Ich empfand die Situation nicht besonders erfreulich und ich konnte nur annehmen, dass Zamir sich ungefähr die gleichen Fragen stellte wie ich selbst. Am liebsten hätte ich sie gefragt, doch dann fiel mir ein, dass sie ja nicht ahnen konnte, dass jemand neben ihr stand, der das gleiche Bild vor Augen hatte wie sie. Außerdem befürchtete ich, sie derart zu erschrecken, dass sie abstürzen könnte.

Ich stellte mir die Frage, warum der Kapitän nicht gleich in See gestochen war, sobald alle Männer an Bord waren? Wenn ich mich recht erinnerte, dann blieben ihm, zu dem Zeitpunkt, mindestens noch einpaar Stunden, bevor die Dunkelheit hereinbrach. Außerdem hatte er sich doch in Eile von der Insel zurückgezogen. Was führte er im Schilde?

In der Zwischenzeit hatte Tarita eine simple Malzeit zubereitet. Als Zamir mit der unbehaglichen Meldung eintraf, stand ich schon wieder am Eingang der Höhle. Ich war im Begriff ihr hinein zu folgen, doch als ich den ersten Schritt tat, befand ich mich wieder an meinem Tisch im Leseraum.

Dieses Urplötzliche hin und zurück, störte mich, an und für sich, nicht mehr, denn ich war mir bewusst, dass es jeden Augenblick wieder geschehen konnte. Also versuchte ich mich gleich wieder, auf das Manuskript zu konzentrieren.

Kaum hatte ich, einpaar Zeilen gelesen, kam mir der unsinnige Gedanke, was wohl passiert wäre, wenn ich irgendwo in der Höhle platzgenommen hätte und eines der Mädels sich am gleichen Ort niedergelassen hätte. Wahrscheinlich ein absurder Gedanke. Meines Erachtens nach, wäre gar nichts geschehen, denn eigentlich war ich ja nicht physikalisch anwesend.

Bei dieser Überlegung erinnerte ich mich an meinen früheren Abstecher in die Vergangenheit, dass ich doch immerhin, alles um mich herum berühren und fühlen konnte. Vielleicht war es doch letztendlich nicht so einfach, wie ich dachte.

Ich wäre demnach nicht dazu bereit das Unsichtbare herauszufordern. Es wäre jedenfalls vorsichtiger, auch in Zukunft, einer ähnlichen Sachlage frühzeitig auszuweichen.

Meine Gedankenfolge wurde jählings unterbrochen und ich stand irgendwo am Strand. Es war am frühen Morgen, wie mir die Schatten der Bäume verrieten. Wo genau ich mich befand, konnte ich auf den ersten Blick nicht erkennen. Doch als ich mich umsah und aufs Meer hinaus schaute, erblickte ich das Piratenschiff draußen vor Anker. Ich hatte scheinbar nur die eine Nacht im Sprung genommen und befand mich nun unterhalb der Behausung der beiden jungen Frauen.

Zu meiner Linken öffnete sich eine kleine Bucht mit teilweise breiter Sandbank, welche auf mich zu, in Geröll überging und hauptsächlich aus schwarzem Vulkangestein bestand. Noch vernahm man nur in der Ferne das dumpfe Grollen der Brandung, das Geplätscher der ausgehenden Wellen im Gestein und den Morgengesang der Vögel in den Zweigen.

Plötzlich bemerkte ich ein Beiboot, welches soeben das Riff überwunden hatte und sich der Bucht näherte.

Bald konnte ich an Bord, vier, vielleicht auch fünf, zunächst noch undeutliche Gestallten erkennen, jedoch war mir bereits klar, es konnte nur eine Abordnung der Piraten sein.

Als sie den Strand erreicht hatten, sprangen vier der Männer ins seichte Wasser und schoben die schwere Schaluppe auf Grund. Dann zerrten sie, eher unsanft und mit barschem Gelaber, ihren Mitreisenden aus dem Boot.

Ich sah gleich, dass dieser nicht zu den Seeräubern gehörte. Er trug bessere Kleidung und hatte die Hände gebunden. Man schleppte ihn etwas abseits und entledigte ihn seiner Fesseln. Einer warf ihm noch ein kleines Bündel zu, dann schoben sie ihr Boot zu Wasser und ruderten davon.

Von Weitem riefen sie ihm noch zu:

„Geh zum Teufel, wenn du hier niemand findest, der dir die Kehle durchschneidet!!!"

Die reelle Zeit, die vergangen war, konnte ich nicht einschätzen, denn meine Uhr zeigte bereits elf Uhr dreißig an, als ich plötzlich neben Zamir auf ihrem Hochsitz hockte. Der Stand der Sonne deutete jedenfalls darauf hin, dass es noch nicht so spät sein konnte. Allerdings verwirrte mich etwas der Ablauf der Dinge. Der Mann in der Bucht war nicht mehr zu sehen. Wir beobachteten nur noch die Piraten, die ihre Segel setzten und in See stachen. Langsam drehten sie ab und entfernten sich in westlicher Richtung.

Zamir war bereits abgestiegen und in der Höhle angekommen, als ich dorthin befördert wurde. Sie musste längere Zeit dort oben verweilt haben, denn wie ich hörte, hatte sie die ganze Scene belauert.

Darauf wachte ich auf und saß wieder im Leseraum. Ich schaute auf die Uhr, es war bereits dreizehn Uhr dreißig.

War mir das Gleiche widerfahren als einpaar Tage zuvor? Nun ja, ich war abermals während der Mittagspause unterwegs gewesen und der Bibliothekar hatte mich wahrscheinlich abermals, nicht vor Mittag zurückrufen können. Oder war Robert vielleicht nicht gekommen, mich abzuholen? Beide konnten mich jedenfalls nicht vergessen haben! Das konnte nicht sein.

Der Bibliothekar hatte die Tür zu seinem Büro abgeschlossen und war gegangen. So stand ich eine Weile mutterseelenallein da und überlegte. Ich warf erneut einen Blick auf die Uhr. Es waren ungefähr zehn Minuten vergangen. In einer viertel Stunde würde er ja wieder da sein, dachte ich, und ging zurück in meinen kleinen Raum.

Genau so, wie ich gedacht hatte, kam er wenig später zu mir.

„Na, mein Freund, da sind Sie ja wieder!" Sagte er mit einem breiten Lächeln. „Sie entschuldigen mich, wenn ich Sie alleine gelassen habe, aber es war zu gefährlich Sie sozusagen, gewaltsam zurückzurufen."

„Und mein Freund Robert …?"Fragte ich neugierig.

„Keine Sorge, ich habe ihn beruhigt nach Hause geschickt. Er wird Sie nachher abholen, wie gewöhnlich."

Bevor er den Raum verließ, erkundigte er sich diesmal doch noch über, wo und was ich erlebt oder gesehen habe. Ich erzähle ihm kurz und fragte, wieso es möglich sei, dass ich alles verstehen konnte, was die beiden erzählten, obwohl ich ihre Sprache nicht kenne. Dazu meinte er: „Nun, mein lieber Freund, das kann ich Ihnen im Augenblick leider noch nicht erklären, es würde uns zu viel Zeit in Anspruch nehmen. Doch wir werden gewiss noch darauf zurückkommen."

Als ich im Laufe des Nachmittags noch einige Seiten durchgelesen hatte, kam ich ins Grübeln. Irgendetwas schien nicht mehr so ganz, mit meinen Vermutungen übereinzustimmen.

Obadhia erwähnte in seiner Geschichte und seinen Visionen, hauptsächlich im Westen der Insel gelegene Orte, welche bislang auch mit den Schriften und meinen eigenen Ausflügen in die Vergangenheit übereinstimmten. Jedoch nun, in den zuletzt gelesenen Zeilen, beschrieb der Autor eine Gegend, eher näher der Ostküste.

„Wir segelten nach Westen …", schrieb er.

Ich dachte zunächst an das Piratenschiff, welches sich ja auch, und vor meinen Augen, von der Insel nach Westen entfernte. Doch dann las ich weiter: … Wir beobachteten ein gewaltiges Sturmtief, das von Süden her aufzog. Plötzlich rief der Blaujacke im Mastkorb: „Land in Sicht!"

Der Kapitän überlegte kurz, dann rief er barsch zurück: „Bist du besoffen? In diesen Breitengraden ist kein Land auf unseren Seekarten verzeichnet!"

„Aber Käpten …! Etwa zehn Grad Backbord voraus, kann ich deutlich Berggipfel am Horizont erkennen!"

In den folgenden Zeilen berichtete der Schreiber, dass das Tief im Süden rasch bedrohlicher wurde, und dass der Kapitän daraufhin seinen Kahn auf Sturm und hohen Seegang vorbereiten ließ. Sie hatten unter anderem, asiatische Gewürze und außer ihm selbst, noch einige andere Passagiere an Bord.

Als ich am folgenden Tag meine Nachforschungen wieder aufgenommen hatte, erkannte ich bald, dass ich mit meinen Hypothesen, ziemlich weit vom wirklichen Hergang der Dinge entfernt war.

Unser Autor befand sich nämlich auf einem Handelsschiff und nicht auf einem Piratenschiff, so wie wir zunächst vermutet hatten. Außerdem kam dieses Schiff auf die Ostküste zu. Das Piratenschiff hingegen lag ja vor der Westküste.

Nur eine knappe Stunde später wurden sie vom Sturm erfasst. Was der Kapitän und die Mannschaft auch unternahmen, sie drifteten unweigerlich nach Norden ab.

Was der Kapitän noch vor einer Stunde für unmöglich gehalten hatte, wurde ihnen Allen zum Verhängnis. Während die wenigen Passagiere unter Deck um ihr Leben bangten, kämpften die Matrosen an Deck gegen einen unbesiegbaren Gegner. Turmhohe Wellen schlugen über das Schiff zusammen und zerschmetterten Vordermast, Segelmaste und Planken.

„Dann gab es einen fürchterlichen Knall und ich verlor das Bewusstsein". Schrieb er.

Dies waren die letzten Zeilen, die ich an jenem Nachmittag noch las, als der Bibliothekar eintrat, um mir mitzuteilen, dass Robert da sei.

„Wie bitte …, ist es denn schon so spät?" Fragte ich erstaunt. Ich war so in meiner Arbeit vertieft, dass ich nicht bemerkt hatte, wie die Zeit vergangen war. Zumindest hatte ich diesmal meine Mittagspause nicht verpasst.

Zu einem abermaligen Abstecher in die Vergangenheit war es jedenfalls an diesem Morgen nicht gekommen.

Während der gesamten Mittagspause waren, zu Tisch und auch noch danach, meine neuesten Erkenntnisse das Gesprächsthema. Dass der Autor die Katastrophe überlebt hatte, lag wohl auf der Hand. Wie hätte er sonst sein Buch weiterschreiben können? Jedoch wo und in welchem Zustand, kam er wieder zu klarem Verstand?

Ich war dermaßen in Eile, Antworten auf diese und noch jede Menge anderer Fragen zu finden, dass ich bereits auf der Matte stand, als der Bibliothekar eintraf. Plötzlich stand er neben mir und öffnete die Tür. Ich hatte sein Kommen nicht einmal bemerkt. Als ich Robert am Abend darauf ansprach, versicherte er mir, dass er ihn auch nicht gesehen habe. Dennoch hätte er ihn wohl kaum übersehen können, denn er fuhr erst weiter, als ich bereits an der Tür stand.

„Sie sind ja schon da, wie ich sehe! Das Mittagsessen hat wohl nicht gemundet?" Meinte er mit einem ironischen Grinsen.

„Ich würde mir nicht erlauben, die Kochkünste meiner Gastgeberin zu tadeln."

„Kann ich mir schon denken, war ja auch nur ein Scherz. Ich könnte mir eher vorstellen, dass Sie mit Ihrer Arbeit an einem spannenden Punkt angelangt sind. Oder …?"

„Nun ja …, ich war beim Zerschellen des Segelschiffes, auf welchem unser Schreiber reiste."

„Ach so ..., ja ..., ich möchte mich allerdings, nicht zu weit aus dem Fenster lehnen, aber ich kann Ihnen versichern, dass er überlebt hat."

„Was Sie nicht sagen! Ich hatte mir auch schon gedacht, dass es so sein könnte. Wie wäre auch sonst dieses Schriftstück zustande gekommen ...?"

„Allerdings ...!"

Inzwischen waren wir an der Tür zu meinem Kämmerlein angekommen. Indem er aufsperrte, sagte er noch: „Na dann suchen Sie mal schön weiter nach den Antworten auf Ihre Fragen. Ich verrate Ihnen jedenfalls nichts mehr!"

Obwohl ich mich inzwischen einigermaßen an die Schreibart dieses Mannes gewöhnt hatte und bedeutend schneller den Sinn seiner Ausdrücke erfasste, so musste ich doch, immer noch, dann und wann, Schriftzeichen und Wörter vergleichen.

So erfuhr ich, dass er irgendwo im nassen Sand, auf dem Bauch liegend, aufwachte. Er schrieb: Ich wusste nicht, wo ich war und wie ich dorthin gekommen war, denn ich konnte mich zunächst an nichts erinnern. Nur träge und spärlich tauchten Bruchteile der Geschehnisse in meinem Gedanken auf. Fast ohne Unterbrechung spuckte ich Sand und Meerwasser aus und alle meine Gliedmaße schmerzten, bei der geringsten Bewegung.

Dann erst bemerkte ich, dass ich bis über die Gürtellinie mit schwerem, durchnässten Sand überdeckt war. Nachdem ich meine Blicke um mich herum schweifen ließ. Sah ich nur einige Meter von mir entfernt, einige mehr oder weniger dicke Felsbrocken aus dem Sand ragen. Mit aller Kraft schleppte ich mich heran und begann mich daran hochzuziehen.

Als ich dann endlich, gewiss noch etwas unsicher und mit zitternden Knien, wieder aufrecht stand, schaute ich aufs Meer hinaus.

Das Zentrum des Sturmtiefs war nach Nordwesten weitergezogen, denn dort hing der Himmel noch tiefschwarz bis zum Horizont. Dennoch wühlten vor meinen Augen, immer noch heftige Böen die See auf.

Nach und nach gelang es mir, die Fragmente meiner Erinnerungen zusammenzufügen. Doch wo war ich? Und alle Andern, die mit mir an Bord waren, wo könnten sie sein? Ich glaubte jedenfalls nicht, dass ich der Einzige sein könnte, der das Debakel überlebt hatte.

Ich konnte nicht abschätzen, wie lange ich so da, beim Grübeln, abwechselnd gestanden und gesessen hatte, jedoch ich fühlte, wie langsam meine Kräfte in mich zurückkehrten.

Bald war es so weit, dass ich die nähere Umgebung in Augenschein nehmen konnte. Ich musste unbedingt und schnellstens Süßwasser finden, denn ich hatte keine Ahnung, welche Menge Meerwasser ich im Magen hatte, und das könnte mir, in den kommenden Stunden, zum Verhängnis werden.

Als ich mich an die Worte des Kapitäns erinnerte, dass auf seiner Seekarte kein Land eingezeichnet war, kam mir die Gewissheit, dass ich mich auf einer, noch unbekannten, vielleicht sogar unbewohnten Insel befand.

Zweites war allerdings nur eine Hypothese. Sollten tatsächlich doch irgendwelche Völker dort leben, dann könnte eine unachtsame Begegnung, unter Umstände, äußerst gefährlich werden. In der Ungewissheit war also eine möglichst lautlose Suche nach eventuell Überlebenden angesagt.

Zunächst begrenzte ich meine Suchaction auf einen größeren Strandabschnitt, fand alle Arten von zersplittertem Gehölz und sonstige angeschwemmte Gegenstände, jedoch nicht die geringste Spur von menschlichen Wesen, aufs Äußerste, deren Überreste.

Angetrieben von der Bedrängnis, eiligst Trinkwasser zu finden, wagte ich mich dann, der Gefahr bewusst, doch hinein in den Busch. Bereits nach einigen Schritten wurde mir klar, dass ich ohne Werkzeug nicht weit kommen würde, dass meine letzten Kräfte nicht ausreichen würden, um in dieser Wildnis, Wasser oder Essbares zu finden.

Ich hatte den Eindruck, dass einige Schritte zu meiner Linken das Unterholz etwas lichter sein könnte. Aufgrund dessen versuchte ich gleich mein Glück in diese Richtung.

Und so war es. Denn dort wuchsen auch vereinzelte Filaos Bäume, die das Wuchern der Bodenpflanzen teilweise unterdrückten.

Ich glaubte meinen Augen kaum, als ich am Fuße einer der Bäume, etwas erblickte das, von meinem Standpunkt aus gesehen, einer Person ähnelte. Bei genauerem Hinsehen erkannte ich, dass es ein Mann war, der da am Boden saß. Obwohl ich in dem Augenblick dazu geneigt war ihm etwas zuzurufen, hatte ich mir doch, aus Sicherheitsgründen, selbst verboten irgendwelche Rufe auszuhusten.

Also pirschte ich mich so lautlos wie nur möglich näher heran. Sich wirklich lautlos voran zu bewegen war allerdings praktisch unmöglich. Er musste das Knistern unter meinen Schritten gehört haben. Warum sprang er nicht auf, um sich zur Wehr zu setzen?

Noch einpaar behutsame Schritte, und ich erkannte einen der Matrosen. Ich hatte mich mehrmals, während der Reise mit ihm unterhalten. Als ich neben ihm stand und ihn leise ansprach, bemerkte ich erst, dass er bereits tot war.

Um bis dort zu gelangen, musste er wohl den Strand noch lebend erreicht haben, oder hatte vielleicht jemand seinen leblosen Körper bis zu diesem Baum transportiert? Mir fiel auf, dass er noch sein Messer fest in der Hand hielt. Eigenartig …, dachte ich, jedoch Spuren von einem eventuellen Kampf, konnte ich nicht erkennen.

Sein Messer konnte ich gut gebrauchen. Ich bedankte mich flüsternd und nahm es an mich, ihm war es sowieso nicht mehr von Nutzen.

Dann machte ich mich auf, Land einwärts, denn in meinem Schädel dröhnte es von Minute zu Minute aufdringlicher: Wasser …, Wasser …, Wasser!!!

Dies war der letzte Satz, den ich an jenem Nachmittag noch verarbeiten konnte, denn Robert erwartete mich bereits, um den Feierabend einzuleiten.

Am darauffolgenden Morgen erwartete mich der Bibliothekar bereits im Inneren. Ich war etwas spät dran, denn Robert hatte noch, auf der Hinfahrt zur Arbeit, eine Kleinigkeit zuerledigen.

Als der Provisor mich einließ, fragte er mich mit seinem, mir inzwischen familiären Grinsen in den Zügen: „Na …, hat man gut geschlafen?"

„Danke, danke …, eigentlich so recht! Mal sehen, was uns der heutige Tag so bringen wird."

„Na dann, an die Arbeit!" Fügte er hinzu, als er die Tür zu meinem Leseraum öffnete.

„Apropos …", sagte ich, indem ich versuchte sein komisches lächeln nachzuahmen. „…Was ich noch sagen wollte: Sie hatten recht, unser Autor hat tatsächlich überlebt!"

„Ach nein …, was Sie nicht sagen!"

Kopfschüttelnd entfernte er sich. Ich merkte noch an seinen konvulsivischen Schulterbewegungen, dass er ein lautes Lachen unterdrückte. Dann machte ich die Tür zu und nahm meinen Platz am Tisch ein.

Ich musste erstmals den Bereich im Text wiederfinden, wo ich am Vortage angekommen war. Nach einer Weile sah ich dreimal sich folgend das Wort: Wasser. Da musste es sein.

Wie ich dann weiter erfuhr, fand er wenig später das rettende Getränk in einer Vertiefung, welche der heftige Niederschlag während des Sturmes in einen kleinen Teich verwandelt hatte. Von anderen Überlebenden hatte er bislang jedoch, weder Laute vernommen, noch Spuren entdeckt. So irrte er in der Gegend umher auf der Suche nach Nahrung, doch außer Früchten und Sonstiges ihm bekanntes Essbares, fand er nichts.

Sollte er tatsächlich der Einzige sein, der zumindest noch mehr oder weniger lebendig, ans rettende Ufer gelangt war?

Er schrieb: Als der Tag zur Neige ging, hatte ich nur noch einen einzigen Gedanken, einen sicheren Schlafplatz zu finden, denn ich fühlte meine Kräfte schwinden.

Bei dieser Textpassage wurde mir plötzlich schwindelig und ich flaute ab ins Leere.

10

Ich stand plötzlich irgendwo an einem Strand. Der Anblick schien mir zunächst unbekannt, doch dann erinnerte ich mich, mit Robert an einem ähnlichen Ort, bei einer Rundfahrt vor ungefähr einer Woche, kurz anhielten, um die Aussicht zu genießen. Es war in der Gegend von „Souillac". Doch von Behausungen war ringsum nichts zu erkennen. Wo ich auch hinsah, landeinwärts wuchsen nur hohe Bäume und dichtes Unterholz. Dann erst wurde mir klar, dass ich wieder in die Vergangenheit versetzt worden war.

In der Tat, es war mit Sicherheit dieser Küstenabschnitt, im äußersten Süden der Insel. Vor vier oder fünfhundert Jahren hätte es so dort aussehen können, denn „Souillac" existierte noch nicht, genauso wie die Küstenstraße, auf welcher, Robert und ich selbst, erst vor Kurzem vorbeifuhren.

Es war sogar der gleiche Ort, an dem wir eine kurze Pause eingelegt hatten. Dort wo die Hochseewellen bis zum Festland, zwischen gewaltigen Felsbrocken auseinanderrissen und sich schäumend in einem ohrenbetäubenden Grollen aufbäumten. Es war jedenfalls nicht der ideale Platz zum Planschen. Dennoch war es, für eine Landratte meiner Art, ein unvergessliches Schauspiel.

Eigentlich waren diese blitzartigen Verschiebungen in eine andere Zeit nichts Neues mehr für mich, dennoch konnte ich mir nicht erklären, wieso ich in sekundenschnelle, fast fünfzig Kilometer weit, von dem Ort befand, wo ich eigentlich physikalisch, immer noch anwesend war. Es hätte ein Traum sein können, dennoch war es kein Traum, denn ich fühlte mich nicht wie in einem

Traum. Ich war genauso anwesend wie in meinem Leseraum. Ich stand auf festem Boden; ich spürte ihn unter meinen Füßen; ich fühlte den Wind und konnte sogar den Duft der See wahrnehmen.

Dem Stand der Sonne entsprechend musste es noch früh am Morgen sein, obwohl meine Uhr bereits kurz vor zehn anzeigte. Plötzlich glaubte ich, trotz der lautstarken Geräuschkulisse der Wellen, in der Nähe, ein merkwürdiges Geraschel zu vernehmen. Instinktive war ich im Begriff mich im Gebüsch zu verstecken, als mir in den Sinn kam, dass dies sinnlos war. Ich wusste ja aus Erfahrung, dass die Geschöpfe aus jener Zeit, wer oder was es auch sein mochte, mich nicht wahrnehmen konnten.

Als ich meine Blicke prüfend umherschweifen ließ, sah ich die Gestalt einer jungen Frau, die sich neben einem Felsblock erhob. Allem Anschein nach hatte sie dort, Mutterseelen alleine die Nacht verbracht. Bei genauerem Hinsehen vermutete ich, dass sie wohl kaum, ähnlich wie die beiden Mädels aus Obadhias Geschichte, eine entkommene Sklavin sein könnte. Wenn auch vollständig verwüstet, ihre Kleidung schien dennoch ehemals, etwas prunkvoller gewesen zu sein, als ein einfaches Leinenhemd.

Meines Erachtens nach, hatte auch sie das Schiffsunglück überlebt, wahrscheinlich auf ähnliche Weise, wie der Autor seine eigene Geschichte niederschrieb.

Nachdem sie einen Blick aufs Meer geworfen hatte, ging sie in sicherem Abstand zur Küste, in westliche Richtung.

Den Schriften des Autors gemäß war ihr Schiff unweit der heute benannten „Ile des deux Cocos" zerschellt. Er ging dann landeinwärts in nordwestlicher Richtung.

Wenn sie tatsächlich auf dem gleichen Schiff war, dann hatte sie bis zum Abend, unter den Umständen, eine ansehnliche Strecke zurückgelegt. Möglich wäre, dass sie bedeutend früher, als unser Schreiber, zur Besinnung kam und gleich ohne zeitraubende Suche, Wasser und Nahrung gefunden hatte. Jedenfalls schien sie, abgesehen von ihrer Kleidung, in guter Verfassung.

Ich beschloss, ihr zu folgen. Wenn es die Umgebung erlaubte, ging ich sogar neben ihr hehr, so konnte ich sie aus nächster Nähe beobachten.

Was ich noch nicht während meiner Ausflüge in die Vergangenheit versucht hatte, war, eine dieser Personen anzusprechen, da der Verwalter mir ausdrücklich geraten hatte, niemals in ein Ereignis einzugreifen. - Jemanden anzusprechen, könnte man ja eigentlich nicht als, eingreifen in ein Geschehen bezeichnen -, dachte ich. Jedoch sicher, dass meine Ansicht Bedeutung hatte, war ich allerdings nicht. Trotzdem überlegte ich weiter, ob ich es nicht doch wagen könnte.

Ich wandte mich ihr zu und fragte behutsam in Französisch: „Wohnen Sie auf dieser Insel?"

Sogleich blieb sie stehen, schaute verwundert in alle Richtungen, dann fragte sie, auch in Französisch: „Ist da Wer?"

Ich selbst war derart verblüfft, dass ich im Augenblick nicht antworten konnte. Sie wartete noch ein Weilchen, dann ging sie Kopfschüttelnd weiter.

Eines stand fest, sie musste meine Worte, auf irgendeine Weise vernommen haben. Ich ging neben ihr und beobachtete ihre Gesichtszüge. Was da wohl in ihrem Hirn vor sich ging, konnte ich nur ahnen. Einige Male hielt sie noch inne, drehte sich um und schaute zurück. Sie schien ihren eigenen Sinnen nicht mehr zu glauben.

Ich überlegte, ob ich es erneut versuchen sollte. Was würde geschehen, wenn ich auf ihre Frage antworten würde? Könnte ich mich damit, nicht doch etwas zu weit aus dem Fenster lehnen?

Immer wieder hörte ich noch die Worte des Verwalters: „Es könnte für Sie sehr gefährlich werden! Sie könnten unter Umständen nicht mehr in die Gegenwart zurückkehren!"

Außerdem dachte ich, doch jetzt besser nicht damit anzufangen, denn ich hatte den Eindruck, mindestens eine dicke Stunde unterwegs zu sein und ich jeden Augenblick, zurück in die Gegenwart versetzt werden könnte. Doch als ich auf die Uhr schaute, die bislang immer die genaue Zeit der Gegenwart angezeigt hatte, staunte ich. Es waren kaum fünf Minuten vergangen. Trotzdem stand nun die Sonne bereits hoch am Himmel. War meine Uhr stehen geblieben? Scheinbar nicht, denn der Sekundenzeiger trottete unbehelligt weiter. Was ging da vor sich?

Nach eingehender Überlegung konnte ich mir das Phänomen nur auf eine Weise erklären. Die Zeit, während meiner Abstecher in die Vergangenheit, verging bedeutend schneller oder ruckweise. Fand ich nicht auch, dass die junge Frau, eine fasst, unglaubliche Strecke, an einem Tag zurückgelegt hatte. Nun verstand ich auch, wie dies möglich war. Sie hatte es gar nicht an einem, sondern eher an zwei Tagen geschafft und dieser Tag war bereits der Zweite oder sogar der Dritte, nach der Katastrophe.

Ich kam zu der Erkenntnis, dass außer dem differenten Zeitverlauf alles in Ordnung war. Der furchtbare Gedanke, dass ich vielleicht durch meinen Versuch bereits einen Fuß auf verbotenes Terrain gesetzt haben könnte, war scheinbar unbegründet. Also entschloss ich, mein Experiment noch etwas voranzutreiben.

Die junge Dame, die ich sozusagen als Gespenst begleitete, kam den Umständen entsprechend, gut voran. Von Zeit zu Zeit machte sie nur eine kurze Pause um einige Früchte von einem Strauch zu pflücken.

Wir waren an einem kleinen Bach angekommen, wo sie sich niederließ und begann ihren Füßen ein erfrischendes Bad zu gönnen. Ich setzte mich neben sie.

Der Augenblick war für mich gekommen, sie erneut anzureden. Die wenigen Worte, die sie vorhin gesprochen hatte, deuteten darauf hin, dass sie eine Art mittelalterliches Französisch sprach. Ihre Ausdrucksweise ähnelte sehr der Schriftart des Autors. Aus seinen Handschriften hatte ich mir inzwischen einige Begriffe eingeprägt und versuchte meine moderne Sprachweise einigermaßen anzupassen.

„Ihr seid müde, nehme ich an." Sagte ich behutsam.

Erschrocken schaute sie sich um!

„Wo seid Ihr? Wer seid Ihr?"

„Keine Angst …, ich tu Euch nichts."

„Seid wann verfolgt Ihr mich? Kommt endlich aus Eurem Versteck und zeigt Euch!"

„Ich bin in keinem Versteck …, ich sitze sogar neben Euch."

Sie sprang auf und schrie:

„Mein Gott, steh mir bei …! Ich werde wahnsinnig!"

„Keine Sorge! Ihr seid nicht wahnsinnig und Ihr seid auch nicht nahe, es zu werden. Kommt, setzt Euch wieder und gönnt Euren Füßen ihr wohlverdientes Bad."

„Aber wieso kann ich Euch nicht sehen, dennoch vernehme ich Eure Stimme klar und deutlich? Wer seit Ihr"

„Kommt setzt Euch …, ich werde versuchen es Euch nahezubringen. Nur fürchte ich, dass Ihr es nicht glaubt oder verstehen werdet."

Zögernd näherte sie sich. Ich stand auf, ich musste vorsichtshalber verhindern, dass sie mich berührte, ich wusste ja nicht, was dann geschehen würde.

„Und Ihr ..., könnt Ihr mich sehen?" Fragte sie etwas bekümmert.

Als ich ihre Frage bejahte, stieß sie einen lauten Schrei aus und versuchte eiligst ihre entblößten Reize mit den Fetzen ihres Kleides zu verhüllen.

„Kümmert Euch nicht um Euer aussehen, es ist sowieso zu spät um irgendwas daran zu ändern, ich begleite Euch bereits seit heute Morgen. Außerdem, in meinem Zeitalter sind die Frauen jedenfalls etwas offenherziger gekleidet, als Ihr es vermuten könnt."

„Was wollt Ihr mit „eurem Zeitalter" andeuten?"

„Kommt, setzt Euch wieder hin, es ist alles in bester Ordnung."

Sie näherte sich, wenn auch nur zögernd und setzte sich behutsam wieder am Rand des Baches.

„Dann seid Ihr vielleicht ein Dämon oder ein Spuk?"

„N ... ein ..., bin ich eigentlich nicht. Eigentlich bin ich immer noch quicklebendig ..."

„Was heißt denn nun wieder „quicklebendig"?"

„Das heißt ..., dass ich noch lebe, obwohl ich jetzt, wo ich neben Euch sitze, noch gar nicht geboren bin. Besser gesagt, ich bin eher ein Zeitreisender."

„Ihr redet eine Mundart, die ich nicht recht verstehe."

„Leider muss ich mich beeilen Euch das Wichtigste zu erklären, denn ich kann jeden Augenblick in meine Gegenwart zurückversetzt werden.

Also ..., eigentlich sitze ich, in meiner Zeit, das heißt, in etwa ..., sagen wir mal, vier oder fünfhundert Jahren, in einem kleinen Leseraum in Port Louis."

„Wo ist Port Louis? Ich kenne diesen Ort nicht."

„Nun, das glaube ich Euch gerne, denn diese Stadt existiert jetzt, in Eurer Zeit, noch gar nicht. Und Ihr werdet mit Sicherheit auch ihre Existenz nicht erleben. Es sei denn, Ihr würdet mindestens zwei Hundert Jahre alt werden. Wenn Ihr es genau wissen wollt ..., diese Stadt wird erst im Jahre 1735, von einem Franzosen, namens Mahé de Labourdonnays gegründet."

„Und woher wollt Ihr das alles wissen?"

„Ach ja, verzeiht mir, meine Gnädigste! Ich habe versäumt Euch zu sagen, dass ich in Wirklichkeit, im Zwanzigsten Jahrhundert lebe."

Ich hörte noch verschwommen und schwindend, wie sie sagte: „Dies ist unmöglich! Ich glaube Euch kein Wo ...!"

Dann saß ich wieder an meinem Tisch. Was ich in der letzten Stunde erlebt hatte, war unglaublich. Ich saß da und starrte die Wand gegenüber an. Ich konnte einfach nicht fassen, was geschehen war, geschweige denn, mich auf den Text, der nun wieder vor mir lag, zu konzentrieren.

Als wenig später der Bibliothekar eintrat, um mir Roberts Ankunft mitzuteilen und mich so verkrampft dort sitzen sah, meinte er: „Jung, Junge, das sieht aber gar nicht gut aus!"

Ich erhob mich und sagte kurz: „Wir müssen reden."

„Wieso auch nicht? Verschieben wir dies doch lieber auf heute Nachmittag." Meinte er gelassen.

Auch Robert bemerkte gleich, dass etwas besonders geschehen sein musste.

„Was ist dir denn widerfahren?" Fragte er neugierig, indem er mich anstarrte. „Lass mich raten …, ich würde wetten, dass dir wieder bedrohliche Spukgestalten aus dem fünfzehnten Jahrhundert begegnet sind!"

„Könnte man fast behaupten, doch war es nur eine …, und bedrohlich …, war sie auch nicht."

„Na, na, na! „Eine" …, sagst du? Ich verstehe!" Laut lachend fügte er hinzu: „Du Lümmel!"

„Was gibt's denn da zu lachen? Nein …, was mir so zu schaffen macht, ist, dass ich es gewagt habe sie anzusprechen …"

„Was …! Du spinnst wohl!"

„… und es hat funktioniert!"

„Mannomann …! Wie kannst du nur so was machen! Hast du denn schon vergessen, was dir der Bibliothekar gesagt hat?"

So und so ähnlich verlief unser Gespräch während der gesamten Mittagspause. Sogar Sylvie, die inzwischen nun auch, mehr oder weniger, mit der ganzen Geschichte vertraut war, tadelte mein Verhalten.

Mit den Worten: „Na mein Freund, wieder voll bei der Sache?" Empfing mich der Bibliothekar. Ich hatte auch seinerseits, eine gebührende Standpauke erwartet, doch er schien das Problem eher gelassen in Angriff zu nehmen.

„Kommen Sie, setzen wir uns. Sie wollten reden …, na dann …, nur zu, ich bin ganz Ohr."

Ich erzählte ihm ausführlich, was sich am Vormittag zugetragen hatte. Er unterbrach mich nicht ein einziges Mal, er saß mir gegenüber und hörte mir nur aufmerksam zu. Als ich meinen Vortrag beendet hatte, sah er mich noch einen Augenblick schweigend an. Dann sagte er ruhig:

„Seit unserer ersten Begegnung habe ich geahnt, dass Sie ein interessiertes, aufgewecktes Kerlchen sind. Daher habe ich mich gleich entschlossen, Ihnen dieses einzigartige Dokument in die Hand zu geben. Niemand, außer Ihnen und mir selbst, hat es, seit einpaar Generationen, zu Gesicht bekommen. Es gehört nicht einmal der Bibliothek, es ist mein Besitztum, ein unbezahlbares Erbstück.

Vielleicht hat man Ihnen schon gesagt, dass ich französischer Abstammung bin. Wenn nicht, dann wissen Sie es nun. Meine Urgroßeltern sind während der französischen Kolonialherrschaft hierhin ausgewandert.

Nun, was ich Ihnen noch verraten möchte bezüglich des Autors. Sie sagten mir zu Begin, dass Sie nirgendwo seinen Namen, noch eine Jahreszahl finden konnten.

Dieses Schriftstück wurde angeblich von einem meiner Vorfahren, um 1530 verfasst. Soviel ich weiß, war sein Name, August Chartain."

„Entschuldigen Sie mich, wenn ich Sie kurz unterbreche, denn ich bin mir immer noch nicht im Klaren, wieso Sie ausgerechnet mich in diese, Ihre persönliche Sache einbezogen haben."

„Es sind da mehrere Gründe, die mich dazu bewegt haben. Ich bemerkte gleich, als Sie mir über die Geschichte und Visionen Ihres Bekannten Obadhia erzählten, dass sie fest an solche Vorkommnisse glauben. Kam hinzu, dass Sie im weiteren Verlauf der

Dinge, wie besessen darauf waren Neues zu erforschen und heute haben Sie mir bewiesen, dass Sie scheinbar nie kopflos handeln. Sie haben reichlich überlegt, bevor Sie versuchten diese Dame anzusprechen.

Ich habe Ihnen ja bereits global erklärt, was geschehen würde, wenn Sie in ein Geschehnis eingreifen sollten. Dies haben Sie ja auch nicht getan. In einem solchen Gespräch müssen Sie peinlichst darauf achten, nichts preiszugeben, was eine dieser Personen dazu verleiten könnte, sein Vorhaben zu ändern. Zum Beispiel, einen anderen Weg einzuschlagen, um einem bevorstehenden Unheil zu entgehen, welches Sie vielleicht erkennen könnten. Durch Ihre simple Unterhaltung mit dieser Dame haben Sie ja nichts am Verlauf der damaligen Dinge verursacht.

Um dies noch deutlicher zu erklären, nehmen wir an, eine Person überlebt, weil diese Ihrem Rat folgte. Was glauben Sie wohl, welchen Einfluss Ihr Vorgehen bis zu der heutigen Zeit und sogar auf die weitere Zukunft haben könnte? Unvorstellbar! Man könnte sich vorstellen, dass Sie dadurch vielleicht niemals existieren könnten.

Denken Sie mal darüber nach."

„Das werde ich mit Sicherheit! Nur kommt mir da die Frage in den Sinn: Wenn es denn so wäre, wie könnte ich denn etwas ändern, wenn ich jetzt nicht existieren würde?"

„Gute Frage! Aber sagte ich nicht: vielleicht ..., Sie müssten ja nicht zwangsläufig davon betroffen sein. Jedenfalls steht fest, dass jede Entscheidung die wir jetzt treffen, auf irgendeine Weise, einen Einfluss auf die Zukunft hat."

„Das nehme ich an. Sie sagten mir, dass ich gegebenenfalls nicht mehr in die Gegenwart zurückkehren könnte. Was würde dann geschehen? Wie würden Sie denn das meinem Freund Robert erklären, nachher, wenn er vorbeikommt, mich abzuholen?"

„Nun, gar nichts würde geschehen. Ihr Freund würde erst überhaupt nicht kommen! Wieso auch? Wer würde denn jemanden suchen den er nie, weder gekannt noch getroffen hat? Niemand würde Sie suchen, denn im Zwanzigsten Jahrhundert hätten Sie niemals existiert. Sie würden mit der damaligen Zeit verschmelzen und auch dann irgendwann verstorben sein.

Jedenfalls haben Sie bislang alles richtig gemacht. Ich kann Ihnen nur gratulieren.

Machen Sie nur weiter so, achten Sie auf jedes Wort das Sie sagen und mischen Sie sich niemals in Geschehnisse ein, damit ich Sie jederzeit zurückrufen kann.

Somit beendeten wir die Unterhaltung und ich konnte ruhigen Gewissens, meine Nachforschungen wieder aufnehmen.

Die letzten Worte, die er mir sagte, bestätigten mehr oder weniger meine Vermutung, dass dieser Mann kein gewöhnlicher Bibliothekar war. Er war es der mich immer wieder hin und hehr schleuste.

Die junge Dame hatte es mir angetan und ich hoffte, trotz allem, sie während einem meiner Ausflüge nochmals zu begegnen. Vielleicht könnte ich mich erneut mit ihr unterhalten, herausfinden, wer sie war, woher sie stammte und vielleicht ihren Namen.

Der Bibliothekar verriet mir, obschon ich es bereits vermutet hatte, dass er selbst beim Lesen des Manuskriptes einige Visionen hatte, doch diese hatten sich immer nur auf das Dasein seines mutmaßlichen Vorfahren beschränkt. Darüber wusste er bereits mehr als ich, doch was mit dieser Person geschehen war, wollte er mir nicht verraten. Er meinte, dass mir auch andere Personen begegnet waren, wäre vielleicht auf mein Interesse an Obadhias

Visionen zurückzuführen. Es wäre möglich, dass sich demzufolge, irgendeine Art von Geistesverwandtschaft zwischen mir
und Obadhia gebildet haben könnte.

11

E s verblieben mir noch rund drei Wochen meines Urlaubs. Wir planten an jenem Wochenende nochmals gänzlich abzuschalten und die beiden Tage irgendwo, mit Freunden, Kind und Kegel, vielleicht an einem Strand, den ich noch nicht kannte, in Ruhe zu verbringen.

Wir waren uns darüber einig, während dieser Zeit keine Gespräche über meine Recherchen und mysteriösen Geschichten zu eröffnen.

Da ich selbst keine Ahnung hatte wo und welche die interessantesten Orte sein könnten, überließ ich Sylvie und Robert die Planung. Außer einer bevorzugten Gegend musste für eine Übernachtungsmöglichkeit vorgesorgt werden. Daher entschieden sie, doch lieber den Ausflug im engsten Familienkreise zu unternehmen.

Sylvie war es nicht geheuer, obwohl es keine lange Reise war, diese mit unserem besonders preisgünstigen Leihwagen anzutreten. Sie vernebelte ihr Misstrauen dem uralten Jammergestell gegenüber ganz und gar nicht.

Sie schlug vor, eher ihren Bruder Guy anzurufen. Er wohnte in „Phoenix" und besaß, unweit der Küsste, einen kleinen Bungalow, den er manchmal an Touristen vermietete. Wenn dieser zurzeit frei wäre, könnte es die ideale Lösung sein.

Robert war mit dem Vorschlag einverstanden und nur wenige Minuten später hatte Sylvie ihren Bruder an der Strippe.

Wir saßen draußen und konnten das Gespräch, welches sich etwas in die Länge zog, nicht mitverfolgen.

„Gutes Zeichen", meinte Robert.

Es vergingen einige Minuten bevor Sylvie, mit einem strahlenden Lächeln aus dem Haus kam.

„Und ...?", fragte Robert gespannt.

Ohne gleich zu antworten, setzte sie sich zunächst seelenruhig wieder zu uns.

„Was ist nun ...?", fragte Robert erneut.

„Alles klar! Das Häuschen ist frei! Besser noch! Er kommt uns Morgenvormittag abholen, und wenn ihr einverstanden seid, will er und Moumoun das Wochenende mit uns zusammen, dort unten verbringen. Er meinte, es wäre genügend Platz für uns alle."

„Das nenne ich mal ein Angebot!" Lachte Robert. „Gleichzeitig ergibt sich die Gelegenheit für dich, auch mit Schwager Guy und seiner Gemahlin Moumoun, Bekanntschaft zu machen."

„Ja ..., es freut mich, die beiden kennenzulernen!"

„Du wirst sehen, wenn du ihn so zum ersten Mal siehst, zeigt er sich äußerst seriös und zurückhaltend, doch wenn du ihn Mal kennst, besonders wenn er, einpaar, Gläschen intus hat, kommt erst seine gesellige und amüsante Persönlichkeit zum Vorschein."

„Oh ja ...!", fügte Silvie hinzu. „Er ist nun mal so. Das kann noch heiter werden."

Am Samstagmorgen, es war gegen neun Uhr, als der Schwager, wie versprochen, bei Robert vorfuhr. Zumindest schien mir sein Gefährt etwas ansehnlicher und geräumiger als unser „Morris Bef".

Robert hatte recht, Sylvies Bruder kam mir, in der Tat, zunächst etwas schüchtern vor, doch bereits bei der Begrüßung zeichnete sich ein gewisses Lächeln in seinen Zügen und es vergingen nur wenige Minuten, auch ohne Gläschen Rum, bis zum ersten aufheiternden Sprüchlein.

Wir plauderten noch ein wenig, und indem alles Notwendige in den Wagen verstaut wurde, erklärte uns Guy noch seine Vorschläge für den Verlauf des Tages.

Moumoun erwartete uns bereits vor der Haustür. Es wurden noch, einpaar Einkaufstaschen, vollgestopft mit Proviant, zugeladen, dann ging es auf, in Richtung Ferienlager.

Im Vergleich zu unseren heimischen Dimensionen war die Fahrt eher von kurzer Dauer. Wir waren nur eine gute halbe Stunde unterwegs, als wir bei dem kleinen, an der Ostküste gelegenen Ort, „Beau Rivage", in einen holperigen Waldweg einbogen und wenige Minuten später waren wir bereits am Ziel unserer Reise.

In einer kleinen, säuberlich aufgearbeiteten Lichtung, umgeben von hohen Filaos, hatte Guy vor einpaar Jahren sein Ferienhaus gebaut. Er erklärte mir, dass er die Parzelle von seinem Vater geerbt habe und lange überlegt habe, wie er diese, einigermaßen gewinnbringend, nutzen könnte.

So war die Idee entstanden, diese Einrichtung zu schaffen. Die gefällten Bäume wurden an Ort und Stelle zu einem schmucken Wochenendhäuschen verarbeitet, welches ihm nun einen ganz ansehnlichen Gewinn einbrachte.

Während wir drei Männer einen kleinen Rundgang unternahmen und über dies und jenes schwatzten, räumten die beiden Frauen die Mitbringsel ein und bereiteten das Mittagessen vor.

Außer dem Rauschen der leichten Briese in den Baumgipfeln und dem Vogelgezwitscher im Geäst vernahm man fast keine Geräusche. Nur bei genauerem Hinhören vermutete man das Umfluten des Ozeans.

Nach einer kurzen Mittagspause überlegten wir, ob wir nicht den Nachmittag vielleicht am Strand verbringen sollten.

„Es sind ja nur, einpaar hundert Meter, und ein kleiner Spatziergang könnte uns Allen nicht schaden." Meinte Guy.

Mit Getränken und Imbiss im Gepäck machten wir uns, querfeldein, besser gesagt, „querwaldein", auf den Weg.

Als wir wenig später den Strand erreichten, ließen wir uns zunächst zu einer kurzen Verschnaufpause im Sand nieder und begutachteten die Perspektive, und die Aufklärungen meiner ortskundigen Begleiter, ließen nicht lange auf sich warten.

Eine größere Insel, die sich schätzungsweise, zwei bis drei Kilometer von Norden nach Süden und knapp einen Kilometer vom Strand entfernt vor uns lag, benannten sie, die *„Ile aux Cerfs"*. Eine kleinere Insel, etwas Nördlicher, nannten sie, die *„Ile de l 'Est"*.

Man sagte mir, dass die Ile aux Cerfs ein beliebtes Ausflugsziel, genauso für Einheimische wie für Touristen sei.

Robert fragte mich, ob es nicht interessant für mich wäre, den Nachmittag dort drüben zu verbringen.

„Hier bei euch ist eigentlich alles interessant für mich. Aber wie kommt man denn dahin?"

„Das ist kein Problem!" Mischte sich Guy ein. „Siehst du die kleine Bude dort hinten? Da halten sich sogar mehrere auf, die so was den ganzen Tag machen. Ich kenne einen von denen sehr gut, wir sind schon seit Langem, so etwas wie gut befreundet. Er bringt uns hinüber für ein kleines Trinkgeld. Wenn du Lust hast …?"

„Klar ...! Vorausgesetzt, ich bezahle die Überfahrt! Wie viel fragt er denn so?"

„Weiß ich nicht so genau. Ich glaube so um die vierzig Rupien. Für uns wahrscheinlich gar nichts. Gib ihm zwanzig Rupien, damit ist er zufrieden."

„Das geht doch nicht ...! Das sind ja nicht einmal sieben Francs! Seid ihr noch zu retten?"

„Wenn du unbedingt bezahlen willst, dann gib ihm, was du für angemessen hältst. Wie ich dich so rechnen höre ..., glaube ich, dass er sich vor dir verneigen wird." Meinte Guy.

„Das glaube ich auch." Lachte Robert.

Darauf erhoben wir uns und schlenderten, gemütlich plaudernd zur Anlegestelle.

Als wir dort ankamen, hieß es, dass Guys Freund, kurz zuvor, mit einer kleinen Gruppe abgelegt habe und man wusste nicht, ob er sogleich mit andern Passagieren zurückkommen würde. Eiligst stand einer seiner Berufsgenossen zur Verfügung, die Fahrt für fünfzig Rupien, sofort zu übernehmen.

Guy winkte jedoch ab, mit der Begründung, er habe seinen Freund seit einiger Zeit nicht gesehen und möchte daher doch lieber auf dessen Rückkehr warten.

Wie fasst überall an solchen Orten, wo bei günstigen Wetterbedingungen, im allgemeinen Hochbetrieb herrschte, fand man Sitzgelegenheit und Getränke aller Art.

In Erwartung unseres „privaten" Schippers genehmigten wir uns also einen Drink und genossen den fabelhaften Fernblick.

So interessiert und aufmerksam ich den Erzählungen meiner Gastgeber auch folgen mochte, musste ich mehrmals nachfragen. Es lag jedoch nicht an ihrer Redensart, ein Gemisch von Kreole und Französisch, denn daran hatte ich mich inzwischen bereits ausreichend gewöhnt. Nein, das war es nicht, was mich ständig ablenkte. Es waren eher diese Bilder, diese kurzen Erinnerungen aus der Vergangenheit, die in meinen Gedanken auftauchten.

Robert hatte bemerkt, dass ich nicht immer ganz bei der Sache war, und warf mir ständig, irgendwie, strenge Blicke zu, um mich an unser Abkommen zu erinnern. Schwager und Schwägerin sollten und durften, von meinen Reisen in die Vergangenheit nichts erfahren.

Ich musste mich zusammenreißen um nicht etwas auszuplappern was die Neugier der beiden hätte erwecken können.

Doch dann entspannte sich die Lage. Wir vernahmen das Motorengeräusch eines Bootes und bald erkannte Guy seinen Bekannten, den Mann auf den wir seit einer halben Stunde warteten.

Er hatte, von Weitem gesehen, vier oder fünf Personen an Bord. Scheinbar waren es Touristen, die er von der *Ile aux Cerfs* zurückbrachte.

Man erkannte gleich, dass er kein Novize war, an seiner lässigen Haltung und seiner sicheren Manipulation des Außenbordmotors am sanften Anlegen des Bootes.

Erst nachdem er das Boot gesichert, seinen Passagieren noch elegant aus dem Boot geholfen hatte und zu uns hinüber sah, erkannte er seinen bekannten Freund Guy und Gemahlin. Sogleich kam er eiligen Schrittes auf uns zu. Es folgte noch eine freundschaftliche Begrüßung, dann setzte er sich zu uns.

Für neu ankommende Kunden, die nach und nach aus den Gebüschen auftauchten, oder dem Strand endlang, herbei spazierten, war unser Freund nicht mehr zu sprechen. Deren Wünsche konnten seine Kollegen bearbeiten. Es wurde noch fast eine halbe

Stunde lang gequasselt und gelacht, bevor wir uns entschieden endlich auch hinüber zu gondeln.

„Gondeln", ist vielleicht nicht der zutreffende Ausdruck für unsere Fahrt, denn unser Kapitän, er hieß übrigens Maxim, schien es anzusprechen, mit dem Gasgriff seines Außenborders zu hantieren. Wir hopsten regelrecht, bei leichtem Seegang, von Welle zu Welle unsrem Ziel entgegen. Ich, als Landratte, muss gestehen, dass diese Überfahrt besser keine halbe Stunde in Anspruch nahm.

Dies zum Trotz verbrachten wir den Rest des Nachmittags in fröhlicher Runde.

Kaum drüben an Land gegangen, gesellten sich auch schon einpaar fröhliche Gesellen zu uns. Dies schien mir auf Mauritius keine seltene Begebenheit zu sein. Gleich wo und zu gleich, welcher Gelegenheit ich in Roberts Begleitung auftauchte, gesellten sich, manchmal wie aus dem Nichts, neue Freunde zu uns um mich, den Freund *„von Auswärts"*, zu begrüßen.

Der ganze Verlauf erinnerte mich spontan an die ersten Tage meines Besuches, an den aktiven Versuch den alten *Morris Bef* zu reanimieren.

Dergleichen geschah es vor Kurzem bei einer angeblich schlichten, privaten Geburtstagsfeier, zu welcher auch ich eingeladen wurde. Aus welchem Grund ...? Keine Ahnung. Ich kannte diese Familie überhaupt nicht! Dennoch wurde ich standesgemäß begrüßt und herzlich willkommen geheißen.

Jedenfalls multiplizierte sich auch dort, im Laufe des Abends, die Anzahl der Gäste und somit, verständlicherweise, stieg auch der Geräuschpegel im Vorgarten. Aus Erfahrung vermutete ich, dass wohl bald die Polizei anrücken würde, doch nichts geschah.

Wieso ...? Wurde mir erst klar, als Robert mir erklärte: „Du fragst, wieso die Polizei nicht aufkreuzt? Ganz einfach! Erstens, weil keiner sie ruft, denn alle Nachbarn sind hier. Und zweitens, weil auch von meinen Kollegen, ich sag mal Kollegen ..., einige hier herum laufen. Ich bin zwar keiner, von denen die für Ruhe und Ordnung sorgen, dennoch gehöre ich ja auch zu der Familie. Hellblaues Hemd, dunkelblaue Hose ...! Sieh dich mal um ...!"

Auf ähnliche Weise verlief auch unser Nachmittag auf der *Ile aux Cerfs*. Es dunkelte bereits als wir endlich, fröhlich gestimmt und auf eher wackeligen Beinen, unsere Unterkunft anpeilten.

Nach dem Abendessen wurde noch eine Weile herumgealbert und geplant, wie wir unseren Wochenendausflug beenden könnten. In diesem Gespräch konnte ich mich nicht einmischen, denn ich hatte nicht die geringste Ahnung von alle dem, was und wo es in der Gegend noch zu bewundern gab. Ich überließ also stillschweigend meinen Gastgebern, den Reiseplan auszutüfteln.

Letztendlich einigte man sich, zunächst etwas nördlich bei „Belle Mare", eine Pause einzulegen. Dort könnte man zu Mittag, die eine oder andere Spezialität der Insel verkosten, und danach, auf der Heimreise, noch einpaar Sehenswürdigkeiten, in Augenschein nehmen.

Nach einer ruhigen Nacht und einer gestreckten Aufwachphase genügte eine Tasse Kaffee, um uns wieder in Fahrt zu bringen. Obwohl unser erstes Reiseziel des Tages nur, wie sie sagten, „äh pee loäh" (nicht sehr weit), entfernt lag, jedoch die Mittagszeit bereits „moäh loäh" (weniger entfernt) war, wurde sogleich mit dem Aufräumen und beladen des Fahrzeuges begonnen.

Alles in allem erreichten wir jedenfalls *Belle Mare* noch kurz vor Mittag.

Da ich keine Ahnung von den angebotenen Spezialitäten hatte, überließ ich meinen Gastgebern die Qual der Wahl.

Obschon die ganze Geschichte, für meinen empfindlichen Gaumen irgendwie feurig ausfiel, so mundete es doch gemächlich.

Von dort aus ging es dann nach Westen, so langsam in Richtung Heimat. Da wir noch fast den ganzen Nachmittag vor uns hatten, schlug Guy, einen kleinen Abstecher über *„Pamplemousses"* vor. Er meinte, wir könnten den Rest des Tages doch im Botanischen Garten verbringen.

Wenn dies alles für meine Gastgeber auch nur die Wiederholung einer Fahrt ins Blaue darstellte, so hatte man mir damit ein einzigartiges und unvergessliches Erlebnis beschert.

Bei Robert angekommen, und nachdem wir unsere Ausrüstungen ins Haus gebracht hatten, musste unbedingt noch ein letztes Gläschen getrunken werden, bevor sich auch Schwager und Schwägerin verabschiedeten.

12

Als Robert mich am nächsten Morgen, wie gebräuchlich, auf dem Weg zu seinem Arbeitsplatz, zur Bibliothek brachte, verwickelten wir uns auf einmal in ein merkwürdiges Gespräch.

Ich sagte nur: „Mal gespannt, was mir der Alte heute wieder Neues zu berichten hat!"

Zunächst Robert, dann warf er einen kurzen Blick zu mir hinüber und meinte:

„Wieso sagst du immer „der Alte", wenn du vom Bibliothekar sprichst? Ist mir schon mehrmals aufgefallen. Dabei ist er doch nicht älter als wir!

„Du meinst wohl, wir beide zusammen?"

Robert stutzte!

„Drehst du jetzt völlig durch? Ich habe ihn schon früher des Öfteren gesehen und jetzt sehe ihn doch jedes Mal, wenn ich dich abhole. Ich schätze sein Alter mal so um die vierzig ..., höchstens fünfzig."

„Was du nicht sagst! Das ist doch nicht möglich oder wir sprechen vielleicht nicht von der gleichen Person. Möglicherweise haben sie neuerdings einen zweiten Aufseher eingestellt."

„Das glaub ich nicht. Da stimmt irgendetwas nicht. Sag mal ..., wer kommt denn zu dir, Mittags und am Nachmittag, um dir zu sagen, dass ich da bin, ist es dein „Alter" oder der jüngere?"

„Wieso fragst du das? Du siehst ihn doch! Es ist immer der Gleiche."

„Siehst du, da haben wir's! Etwas geht da nicht mit rechten Dingen zu. Beschreib mir doch mal diese Person."

„Nun …, ich würde ihn beschreiben als alter Professor …, ein Weiser vielleicht …, oder ein Gelehrter, mit fast schulterlangem, zerzaustem grauem Haar. So ähnlich wie …, du kennst doch das weltberühmte Bild vom alten Einstein …, du weißt schon welches ich, meine."

„Na so was! Wie könnte man das wohl erklären?"

„Ich meine, versuchen wir erst mal gar nicht die Geschehnisse zu erklären."

„Vielleicht hast du recht. Wenn ich so darüber nachdenke, fällt mir auf, zumindest glaube ich, dass ich euch beide auch noch nie gleichzeitig gesehen habe."

„Das könnte sein, denn er tauchte immer erst auf, wenn du bereits gegangen warst und wenn du kamst, war ich noch im Leseraum. Du sahst den jungen Mann zu mir hineingehen, sobald er drinnen war, verwandelte er sich augenblicklich in den Alten Gelehrten, oder was auch immer er sein mag. Wenn er dann wieder in dein Blickfeld kam, war er in deinen Augen aufs Neue der jüngere Bibliothekar."

Wir mussten unsere Abwägungen abbrechen, denn wir waren in der Nähe der Bibliothek angekommen. Außerdem war Robert etwas spät dran und musste sogleich die Weiterfahrt beschleunigen.

Als ich die Treppe zur Bibliothek hochkam, erwartete mich bereits mein alter Genosse.

„Na, da sind Sie ja mein Freund! Ich dachte schon, Sie hätten Ihre Investigationen an den Nagel gehängt."

„Aber ganz bestimmt nicht!", erwiderte ich.

„Haben Sie denn zumindest die aktuelle Zeitform auf der Insel genossen?"

Ich begann so langsam, seine verschiedenen Redensarten zu erkennen. So wie er diese Frage stellte und an seinem verschleierten Grinsen, kam mir gleich der Gedanke, dass er vielleicht sogar genau wusste, was wir unternommen hatten.

Nicht, dass dies mich beunruhigt, oder mir gar Angst eingeflößt hätte, keines Falls. Das Gespräch mit Robert hatte meine Neugier sogar aufs Neue angeschürt. War ich der Einzige, der diesen alten Mann sehen konnte? Waren beide wirklich ein und dieselbe Person?

Noch hätte ich gerne herausgefunden, wenn und was er über unseren Ausflug wusste.

„Jedenfalls war es interessant die Sitten und Gebräuche der jetzigen Einwohner zu erfassen", antwortete ich.

„Das nehme ich an. Die Lebensweise in Frankreich dürfte von unserer, auf Mauritius, immerhin etwas abweichen."

„Das kann mal wohl sagen!"

„Ich glaube, dass Sie diesen Eindruck in allen Gegenden der Insel empfunden hätten", meinte er. "Sie haben das Wochenende ja auch in einer sehr beliebten Region verbracht."

Wahrscheinlich, ohne es wahrzunehmen, hatte ich ihn etwas verwundert angesehen.

„Sie fragen sich scheinbar, woher ich das weiß?", fragte er. „Nun …, ich war ganz zufällig auch dort. Nur wollte ich Euch nicht stören."

„Wieso …? Es hätte uns bestimmt gefreut, Sie zu sehen!"

„Na, na, na …, da bin ich mir aber nicht so sicher. Sie vielleicht …, aber Ihre Freunde. Für Sie wäre es wahrscheinlich sogar peinlich geworden."

„Ach, was! Aber warum denn peinlich?"

„Nun …, ich weiß auch, dass Sie und Ihr Freund nahezu, das Mysterium, welches meine Person umhüllt, entschlüsseln konntet. Oder etwa nicht?"

„Na ja, wir vermuten …, wir nehmen zumindest an, dass Sie …, wie soll ich sagen …?"

„Und, was glauben Sie wohl, was Ihre Freunde gedacht hätten, Sie zu sehen mit einem, für alle Andern, unsichtbaren zu plaudern?"

„Da haben Sie recht, das hätte allerdings peinlich werden können."

„Gut, ich sehe Sie haben verstanden. Also widmen wir uns lieber erneut der Vergangenheit."

Wir waren im Leseraum angekommen. Das Buch lag auf dem Tisch, sogar aufgeschlagen bei der Seite, auf welcher ich am Freitag angekommen war. Als ich einen Blick darauf warf, sah ich, dass es sogar genau die Seite war. Dennoch war ich mir sicher, dass ich am Freitagabend das Buch zugeklappt hatte. Dies war ein weiterer Beweis dafür, dass er immer wusste, was ich tat, vielleicht sogar, an welchem Ort ich mich gerade befand.

Trotz allem lief mir bei dem Gedanken ein Schauder über den Rücken. Wer war eigentlich dieser Mann? Ein Geist? Er konnte nur ein Spuk, eine Erscheinung aus der Vergangenheit sein. Dennoch schien er so real, so lebendig wie ich selbst.

Nachdem er gegangen war, versuchte ich mich wieder auf meine Lektüre zu konzentrieren, was mir auch einigermaßen gelang, wenn da nicht immerzu, all diese Fragen die ich mir stellte, in meinen Gedanken aufgetaucht wären. Jedenfalls verbrachte ich den Vormittag ohne eigenartige Vorkommnisse.

Während der Mittagspause, nachdem ich Robert meine neuesten Erfahrungen unterbreitet hatte, versuchten wir weiter, diese mit unseren Vermutungen in Einklang zu bringen.

Auch der Nachmittag verlief ohne besondere Ereignisse, bis zu dem Moment, als Robert vorbeikam, mich abzuholen.

Sein nun bereits seit einpaar Wochen, gut bekannter Bibliothekar, sagte noch wie gewöhnlich:

„Warten Sie einen Augenblick, ich sage ihm, dass Sie da sind."

„Danke! Keine Eile, ist ja Feierabend", meinte Robert.

Während sein bekannter Bibliothekar in Richtung Leseraum davon ging, schaute sich Robert ahnungslos etwas um. Er hatte soeben eine Broschüre in die Hand genommen, als ganz in der Nähe hinter ihm, eine unbekannte Stimme sagte:

„Willkommen, mein Freund."

Robert drehte sich erschrocken um, und nur einige Schritte von ihm entfernt, stand der alte Mann, genauso wie ich ihn beschrieben hatte.

„Willkommen!", wiederholte dieser. „Ich habe den Eindruck, dass Sie überrascht sind, mich zu sehen."

„In der Tat ..., ich ..., ich hatte Ihr Kommen nicht bemerkt", stammelte Robert.

„Endschuldigen Sie, wenn ich Sie erschrocken habe. Ich bin nun mal so, mal bin ich da, mal auch wieder nicht. Aber keine Angst, ich bin kein provokatives Wesen!"

„Das hoffe ich doch sehr!", antwortete Robert. „Doch, wieso kann ich Sie plötzlich wahrnehmen? Mein Freund sagte mir erst heute Morgen, dass er Sie seit dem ersten Tag nur so kennt, wie ich Sie jetzt erkenne?"

„Nun ..., in ihm hatte ich gleich den richtigen Mann erkannt, einer der wenigen, die fest an solche Ereignisse glauben und aufs äußerste gehen, sogar gewisse Gefahren in Kauf nehmen würden, um mehr zu erfahren. Bei Ihnen hingegen besteht immer noch ein bestimmtes Maß an Skepsis.

Nun aber ist es so weit, dass ich Sie als Mitglied in unsere Gemeinschaft aufnehmen kann. Allerdings, für Ausflüge in die Vergangenheit, reicht Ihre Motivation nicht, überlassen wir Ihrem Freund lieber dieses Privileg.

Bevor ich mich für heute von Ihnen verabschiede, möchte ich Ihnen noch einen wichtigen Rat mit auf den Weg geben:

Ab sofort solltet Ihr euere Gespräche diesbezüglich, im Beisein Ihrer Gemahlin vermeiden. Sollte Sie Euch darauf ansprechen, wäre es angebracht, die Ihrer Gemahlin bis jetzt bekannten Geschehnisse als harmlose, als Hirngespinste darzustellen."

„Selbstverständlich! Ich werde es auch meinem Freund sagen."

„Keine Sorge, er weiß es schon."

„Aber …, können Sie mir verraten, wer Sie sind?"

„Warum auch nicht? Ich bin der Bibliothekar, ich bin derjenige, den Sie und alle Andern kennen. Nur mehr darüber dürft Ihr erst später erfahren."

Robert wollte noch eine Frage stellen, jedoch, indem er sich kurz abwendete, um die Broschüre, die er noch immer in der Hand hielt, abzulegen, hörte er Schritte, wie er mir später sagte. Es waren die Meinen.

„Können wir dann? Ich wäre so weit." Fragte ich mit gedämpfter Stimme, bereits in seiner Nähe.

„Ja, ja!" Reagierte er etwas verstört, denn als er sich umsah, war der Alte Mann, genau so plötzlich und lautlos verschwunden, wie er gekommen war.

Wir verließen das Gebäude schweigend. Ich bemerkte gleich, dass mit Robert etwas nicht stimmte, doch ließ es mir zunächst nicht anmerken. Erst nachdem wir in unser Fahrzeug eingestiegen waren und ins rollen kamen, fragte ich:

„Was ist los? Gab's Ärger mit dem Chef oder mit einem Heli?"

„Quatsch!!"

„Dann …, lass mich raten. Dann hast du vielleicht einen Geist gesehen …, schätz' ich mal."

„Warum fragst du überhaupt? Du weißt es doch schon …, hat er mir gesagt!"

„Aber warum dann so bekniffen? Wir haben doch noch heute Morgen darüber gemutmaßt und ich hatte den Eindruck, dass dich die Sache mit den zwei Bibliothekaren interessierte."

„Ja schon, aber jetzt wo ich weiß, dass es wahrhaftig so ist. Eigentlich hab ich kein Bock darauf, da mit hineingezogen zu werden.

Das ist Scheiße! Weißt du das? Eigentlich habe ich nie wirklich geglaubt, dass es tatsächlich so sein könnte."

„Aber Robert ..., Mann, Mann, Mann!!! Das ist doch wunderbar, so etwas zu erleben! Ich versteh dich nicht! Ich versteh einfach nicht, wieso du plötzlich so abgeneigt bist."

„Naja ..., vielleicht hast du ja auch recht. Nur kam das alles zu plötzlich. Ich muss das erst mal verkraften.

Stell dir vor, du unterhältst dich Wochenlang mit einer Person, und plötzlich musst du feststellen, dass diese Person, erstens, ganz anders aussieht und außerdem, seit mehreren hundert Jahren nicht mehr existiert."

„Ach, lass es gut sein! Du wirst dich schon daran gewöhnen. Hatten wir nicht heute Morgen Vermutungen in dieser Richtung? Gleich. wer er ist, oder was er einmal war, ich sag dir, der Alte ist ein guter Mann, finde ich."

„Du hast vielleicht Nerven!!!"

Inzwischen waren wir zu Hause bei Robert angekommen. Seit meiner Ankunft auf der Insel war dort auch mein Daheim. Sein Verhalten an jenem Tag beunruhigte mich etwas und aufgrund dessen konnte ich mir nicht verkneifen, ihn an die Worte des Bibliothekars zu erinnern.

„Keine Sorge mein Freund, so weit bin ich doch noch nicht. Ich kann mich noch zusammenreißen, wenn's sein muss", meinte er beruhigend.

Dennoch hatte ich nicht erwartet, dass er, trotz seiner inneren Anspannung, seinen Auftritt Sylvie gegenüber so gelassen absolvieren würde. Doch scheinbar hatte sie nichts ungewöhnliches an seinem Verhalten bemerkt.

Nach dem Mal setzten wir uns noch wie gewöhnlich, eine Weile draußen. Es schien so, als wäre das Thema „mysteriöse Vergangenheit", durch das aktive Wochenende etwas in den Hintergrund gerückt. Selbst Sylvie stellte keine, derzeit unerwünschten Fragen. Wir unterhielten uns alleinig auch nur über die Erlebnisse der letzten Tage.

Als wir wenig später wieder auf dem Weg zu unseren andersartigen Arbeitsplätzen waren und wir uns wieder frei unterhalten konnten, fühlte ich selbst plötzlich eine gewisse Neugier oder ähnliches Gefühl in mir aufkeimen. Auf die Frage, welcher der beiden nun der wesenhafte Bibliothekar war, hatten wir immer noch keine definitive Antwort gefunden.

Viel wurde jedenfalls nicht gesprochen während der verhältnismäßig kurzen Fahrt von „Phoenix" bis „Port Louis". Es anmutete, als währen wir, jeder für sich, etwas abseits der Realität damit beschäftigt, unsere Vorstellungen von dem was die nahe Zukunft bringen würde, zurecht zu schmieden.

Roberts Gedanken konnte ich zwar nicht lesen, doch ich ahnte, was in seinem Enzephalon vor sich ging.

Ich selbst hoffte auf einen wiederholten und baldigen Streifzug in die Vergangenheit. Eigentlich hätte ich mit Vorliebe erfahren, was aus dieser jungen Französin geworden war. Doch war es bei

Weitem nicht sicher, dass ich nochmals in den gleichen Zeitraum katapultiert werden könnte.

„Bis nachher dann", sagte Robert kurz, als wir vor der Bibliothek angekommen waren.

Indem ich ausstieg, wünschte ich ihm noch einen ruhigen Nachmittag. „Danke gleichfalls!" Hörte ich noch, dann fuhr er auch schon davon. Jedenfalls schien er noch nicht besonders bezaubert von dem Gedanken, dem „Alten" nochmals über den Weg zu laufen.

Als ich eintrat, erwartete mich bereits mein alter Freund. Obwohl wir immer noch, bei der Begrüßung, die üblichen Höflichkeitsformeln benutzten, waren wir doch inzwischen ähnliches wie Freunde geworden. Nur einpaar Wochen früher, hätte ich nicht einmal davon geträumt, dass ich mich eines Tages mit einem Revenant anfreunden könnte.

Wie jede und jeder andere der seinen Urlaub plant, hatte ich Sonne, Meer und unendliche Strände vor Augen, als ich mich für dieses unbekannte Reiseziel entschied. Vielleicht war es dieser elysische Ort, der dazu führte, dass ich in einer Art Fieber gefangen, in einen aufsteigenden, fantastischen Wirbel gesogen wurde, sodass bald, die Wirklichkeit entrückte.

Ehrlich gesagt konnte ich mir nicht erklären, wie ich in diese unglaubliche Geschichte hinein geraten war.

Ich saß nun wieder allein in dem Kleinen Raum und vor mir auf dem Tisch lag noch aufgeschlagen, seit dem Vormittag, das rätselhafte Buch.

Noch schweiften meine Gedanken umher. Ich dachte an Zuhause, an meine ersten Erfahrungen mit den Einheimischen oder noch an meinen Freund Robert ...

Doch nun musste ich mich wieder auf meine Lektüre konzentrieren, denn ich wollte unbedingt die ganze Geschichte erfahren, überdies neigte sich meine Anwesenheit dort unten, unaufhaltsam dem Ende zu.

13

Wenig später hatte ich dann doch die Angliederung im Text wiedergefunden und versank nach und nach wieder in eine längst vergangene Zeit.

Noch hatte ich nicht einmal eine Seite zu Ende gelesen, als ich mich plötzlich irgendwo in dichtem Gebüsch befand.

Mein Standort konnte nicht sehr weit von der Küste entfernt sein, denn ich vernahm, wenn auch etwas gedämpft, das Grollen der Brandung. Dass ich mich abermals in der Vergangenheit befand, wurde mir rasch bewusst, da ich ja bereits mehrmals in dieserart Situation aufgewacht war. Außerdem waren, von den uns bekannten, von der Zivilisation generierten Geräuschen nichts zu hören. In welchem Zeitraum ich mich nun befand, konnte ich nicht feststellen. Allerdings vermutete ich, dem Niedergeschriebenen gemäß, dass es wohl zu der Zeit sein musste, als der Autor auf der Insel war, also nach dem Schiffbruch und somit auch, als ich die junge Französin getroffen hatte.

Ich hatte einige Schwierigkeiten mir ein klares Bild von Zeit und Raum zu schaffen. Aus Erfahrung wusste ich bereits, dass die Zeit, zwischen und während meiner Besuche in der Vergangenheit, nicht parallel mit unserer Uhrzeit verlief. Es geschah annähernd wie die Darstellung im Buch, Zeitsprünge zwischen Zeilen, Absätzen und Kapitel. Nur eines war sicher, ich befand mich etwas weiter von der Küsste entfernt als bei meinem letzten Ausflug. Durch das dichte Geäst hindurch konnte ich die Sonne nicht sehen, doch alles deutete darauf hin, dass es bereits spät am Nachmittag sein könnte.

Ich pirschte mich vorsichtig voran, indem ich versuchte jedes, auch das kleinste Knistern, zu identifizieren. Dass die Insel unbewohnt war, wusste ich, doch die beiden Mädels aus Obadhias Geschichte oder einige Schiffbrüchige konnten sich dort irgendwo herum trollen. Das schlimmste wäre einer Gruppe Piraten zu begegnen! Doch dann schoss mir plötzlich der Gedanke durch den Kopf, dass weder die Einen noch die Andern mich ja gar nicht wahrnehmen würden.

Plötzlich vernahm ich ein Rascheln, begleitet von einem seltsamen Geschnatter im Unterholz. Ich näherte mich behutsam und staunte! Es war eine kleine Anzahl blaugrau gefiederter, sehr großer Vögel, die dort herum watschelnd nach Nahrung suchten. Selbst als ich mich ihnen näherte, unterbrachen sie ihre Beschäftigung nicht. Konnten sie mich auch nicht wahrnehmen?

Meinen Erkenntnissen und meinem Wissen gemäß handelte es sich um eine Familie von Raphus cucullatus, besser bekannt unter dem Namen „Dodo".

Bevor ich mich leise zurückzog, beobachtete ich noch eine Weile diese seltsamen Tiere.

Außer dem Namen, und dass diese, längst ausgestorbenen Vögel, nur auf Mauritius existiert hatten, wusste ich eigentlich nichts. Ich hatte vor Kurzem ein Exemplar im Museum gesehen und konnte sie daher als dergleichen erkennen. Diese Wesen hatten es mir angetan, sodass ich einen Augenblick fast vergaß, dass ich mich gerade in einer anderen Welt, in einer anderen Zeit befand.

Jedenfalls würde ich mich mal genauer, in der Gegenwart, darüber informieren, was man über diese Tiere noch herausgefunden hat.

Diese unerwartete Begegnung war die einzige an jenem Nachmittag.

Ich muss zugeben, dass ich mich zeitweilig absolut orientie-
rungslos in dieser Wildnis voran tastete. Nur die Geräusche der
See lotsten mich in eine bestimmte, jedoch für mich, undefinierbare Richtung. Ich hoffte zumindest, an der Küste angekommen,
vielleicht, nah oder fern, irgendeinen bekannten Anhaltspunkt zu
erkennen.

Allerdings erreichte ich den Strand nicht, denn plötzlich erwachte ich wieder im Leseraum. Ich fuhr erschrocken hoch, denn
es geschah zum ersten Mal, dass mein alter Freund der Bibliothekar, bei meiner Rückkehr gleich hinter mir stand. Er schaute mir
über die Schulter und sagte mit seinem komischen Lächeln in den
Zügen:

„Das war's dann wohl für heute. Wir sollten doch mal Ihren
Freund Robert gemeinsam empfangen. Er ist nicht mehr weit, er
wird gleich da sein."

Ich billigte seinen Vorschlag, obwohl ich noch daran zweifelte,
dass Robert die Situation bereits mit voller Überzeugung erfasste.
Vielleicht würde ja diese Zusammenkunft ihm ebenfalls Gewissheit bringen. Er musste doch nun auch endlich anerkennen, dass
wir beide wohl kaum gleichzeitig, und darüber hinaus, am hell-
lichten Tage, die gleiche Erscheinung haben konnten.

Als Robert eintraf und wir uns wenige Minuten später zu dritt
gegenüberstanden, erschien er mir gleich bedeutend entspannter
als noch am Mittag.

Robert näherte sich sogar und reichte dem alten Mann die
Hand zum Gruß und dieser erwiderte seine Geste. Doch dann …,
als die beiden sich berührten, verschmolz plötzlich die Gestalt des
alten Mannes und vor uns stand für einige Augenblicke derjenige,
den Robert und auch alle andern Besucher kannten. Doch nur für

einen Atemzug. Sobald ihre Hände sich wieder lösten, erschien wieder unser alter Freund.

„Und …, immer noch skeptisch?", fragte er Robert.

„Keines Falls …! Aber …, darf ich Sie fragen, wer Sie sind?"

„Nun …, das möchte ich Euch nicht, oder besser gesagt, noch nicht verraten. Es verbleibt Euch ja auch noch etwas Zeit, es selbst herauszufinden."

Nach dieser kurzen Unterhaltung machten wir uns auf den Heimweg. Nachdem wir stillschweigend in unser Fahrzeug gestiegen waren und die Fahrt aufgenommen hatten, fragte ich Robert:

„Was sagst du jetzt?"

„Ich weiß nicht …, jedenfalls ist es kein Geist oder eine Illusion. Davon bin ich jetzt überzeugt. Wenn es so wäre, dann hätte ich doch ins Leere greifen müssen. Oder etwa nicht?"

„Genau das habe ich schon immer versucht dir klarzumachen."

„Vielleicht ist es ein Zauberer?"

„Quatsch!!! Es gibt keine Zauberer! So was nennt man „Illusionist" heutzutage. Das ist doch alles nur Augenwischerei! Nein Robert … das, was wir erleben, ist etwas ganz anders. Das hat nichts mit Illusion oder Hirngespinst zu tun. Ich würde sagen, es ist eher, für uns zumindest, unerklärliche Realität."

Inzwischen waren wir zu Hause angekommen und mussten, in Sylvies Anwesenheit, unsere Gedanken und Gespräche wieder unbedingt auf die Gegenwart einordnen.

Am nächsten Morgen, während der Fahrt, kamen mir plötzlich diese eigenartigen Vögel wieder in den Sinn. Ich fragte Robert ob er etwas genaueres darüber wisse, doch mehr als ich selbst, wusste er auch nicht.

„Frag doch mal den Alten ..., Mann, Mann, Mann, jetzt fang ich auch schon damit an, ihn den Alten zu nennen!"

„Was soll's? Ist ja auch so, sogar ein sehr Alter! Jedenfalls werde ich ihn mal fragen ..., gute Idee!"

Als ich mich dann, wenig später, noch eine Weile mit meinem „sehr" alten Freund, dem Bibliothekar, unterhielt, erkundigte ich mich über die Historie der „Dodos". Mit diesen Fragen hatte ich, wie man so sagt, „den Nagel auf den Kopf getroffen".

„Sie haben diese Vögel gestern gesehen, oder?"

„Sie wissen es ...! Schätze ich mal."

„Nun ..., ehrlich gesagt, ja. Und Ihre Achtsamkeit erfreut mich. Kommen Sie ..., setzen wir uns doch.

Ich ahnte es seit langem, dass er mich ständig beobachten konnte. Selbst wenn ich nur noch physisch in der Bibliothek anwesend war, wusste er genau, wo ich mich geistig befand und was ich gerade unternahm. Wie hätte er sonst wissen können, dass ich die Tiere gesehen hatte?

Wir zogen uns zu einem voraussichtlich längeren Gespräch in den kleinen Leseraum zurück, obwohl die Besucher der Bibliothek nicht besonders zahlreich waren.

„Die Ausflügler interessieren sich eher für die Exponate im Museum unter uns. Im Urlaub hat man scheinbar wenig Zeit zum lesen." Meinte er gelassen.

Nachdem wir platzgenommen hatten, fragte er, obschon ich das Thema bereits angedeutet hatte:

„Nun ..., mein Freund, womit kann ich Ihnen denn weiterhelfen?"

„Ich habe die Tiere ja lebend eine Weile beobachtet. Ich konnte sie zwar erkennen, doch bemerkte einige Differenzen, die, nicht so ganz, mit dem Exponat im Museum übereinstimmten. Es waren doch Dodos, oder etwa nicht?"

„Die Vögel, die Sie beobachtet haben waren authentische Dodos, die Exponate in den Museen sind hingegen, genauso wie die Skelette, insgesamt Nachbildungen, denn man hat nie ein komplettes Knochengerüst gefunden. Daher sind kleine Abweichungen vom Original, kaum zu vermeiden."

„Wie erklären Sie sich, dass diese Tiere nur auf Mauritius existiert haben sollen?"

„In der Tat, so haben es einige niedergeschrieben. Dies wohl, bevor man auf der Nachbarinsel, heute „*Ile de la Reunion*", einen sehr ähnlichen Vogel entdeckte, man gab ihm daher den Namen, „*Réunion-dodo*". Sogar auch auf „*Rodriges*" gab es einen ähnlichen Vogel."!

„Wenn ich so überlege, stellt sich eine weitere Frage: Wie ist es möglich, dass diese schweren, tollpatschigen und flugunfähigen Tiere überhaupt auf diese Inseln, inmitten des Ozeans, gelangt sind. Sie konnten weder schwimmen noch fliegen! Sie konnten doch wohl kaum aus der Erde gewachsen oder vom Himmel gefallen sein?"

„Gute Frage! Vielleicht sind sie ja doch, wie Sie sagten, „vom Himmel gefallen". Allerdings gefallen sind sie wahrscheinlich nicht.

Sie wissen doch, oder auch noch nicht, dass diese Insel vor etwa sieben Millionen Jahren entstanden ist. Wind und Meer trugen dazu bei, dass sich eine gewisse Vegetation entwickeln konnte.

Nun hat man herausgefunden, dass der Dodo gewisse Merkmale einer Taubenart, die in Südost Asien lebende *Kragentaube"* aufwies. Berücksichtigt man einpaar Millionen Jahre, so könnten die Tiere doch durch die Lüfte gekommen sein. Vielleicht waren sie zu einem gewissen Zeitpunkt ja noch bedeutend kleiner und auch noch flugfähig. Sie fanden auf diesen Inseln alles notwendige zum überleben und es existierten keine Feinde. Sie konnten ihre Gelege am Boden einrichten und brauchten sich eigentlich nicht mehr in die Lüfte zu erheben. Den Rest besorgte die natürliche Evolution."

„Weiß man den auch, wann und wieso sie ausgestorben sind?"

„Nun, zu meiner Lebzeit gab es sie noch. Sie haben ja welche mit eigenen Augen gesehen.

Ich würde nicht behaupten, dass sie ausgestorben sind. „Ausgestorben" ist wohl nicht das richtige Wort. Ich würde eher sagen, „ausgerottet"!

Der Mensch, mein junger Freund, wie vorwiegend ist auch in diesem Falle dem Menschen großteils die Verantwortung zuzumessen.

Ihre Zutraulichkeit einem Wesen gegenüber, das sie nicht als Feind erkannten, wurde ihnen zum Verhängnis. Keine Hundert Jahre nach der Ankunft des Menschen auf der Insel gab es keine Dodos mehr. Angeblich wurde zum letzten Mal ein Tier um 1680 gesichtet."

„Da kann ich Ihnen nur zustimmen. Wenn ich Ihnen meine Vorstellung über das Thema „Mensch" verraten darf, dann würde ich sagen: Wir schreiben, erzählen und fürchten sogar den Weltuntergang, doch wenn dies eintritt, wird auch der letzte Mensch nicht mehr da sein. Wir sind auf dem besten Wege unseren eigenen Lebensraum zu zerstören, und somit uns selbst auszurotten."

„Wusste ich doch, dass Sie auch ein Denker sind. Doch überlassen wir die weitere Zukunft unseren Nachfahren. Es verbleiben denen ja immerhin noch einige Hundert Jahre, um das Problem, nach ihrem eigenen Wissen und Gewissen, zu lösen. Vielleicht bekommt man ja doch noch die Kurve.

Ich schlage vor, wir machen uns, nach diesem Meinungsaustausch wieder an die Arbeit. Sie wollten doch noch etwas, sagen wir mal, in der näheren Vergangenheit herumstöbern."

Erst nachdem er gegangen war und ich gewohnheitsmäßig auf die Uhr schaute, bemerkte ich, dass die Hälfte des Vormittags bereits vergangen war.

Seine Worte klangen mir noch in den Ohren und ich hatte erneut Schwierigkeiten, mich gleich auf den Text zu konzentrieren. Dennoch gelang es mir, noch zwei oder drei Seiten, vor der Mittagspause zu entziffern.

Ich war an einer Stelle angekommen, wo der Autor eine Geschichte beschrieb, die mich irgendwie an Obadhias Erzählung von den beiden Mädels, Zamir und Tarita, erinnerte. Obwohl der Bibliothekar, am ersten Tag unserer Bekanntschaft, beteuert hatte, dass ihm diese Geschichte nicht bekannt sei. Zudem verriet er mir ja noch, nur einige Tage später, dass er das Buch selbst gelesen habe.

War es möglicherweise doch nicht die gleiche Geschichte, oder hatte er mir seine Unwissenheit absichtlich vorgetäuscht?

14

So wie ich bereits aus den ersten Zeilen der Episode erkennen konnte, die ich noch kurz vor Mittag dekryptiert hatte, begann diese gleichfalls mit einem Schiff, welches dort irgendwo vor Anker lag.

Der genaueren Beschreibung des Autors gemäß lag dieses zwar ebenfalls vor der Westküste, jedoch nördlicher. Es könnte in der Bucht vor der heute benannten Ansiedlung, „Tamarin" gewesen sein.

Dennoch vermutete ich immer noch, Obadhias Geschichte, hier niedergeschrieben, wieder zu finden. Schließlich war seine Erzählung, so wie er selbst sagte, über Generationen nur mündlich übertragen worden.

Nur war mir immer noch nicht klar, aus welchem Grund der Alte leugnete, von der Legende zu wissen. Eigentlich hätte er zumindest einen Zusammenhang erkennen können.

Scheinbar war ich noch weit davon entfernt, den mysteriösen Bibliothekar zu durchschauen.

Es stand geschrieben, dass es sich zweifellos um ein Piratenschiff handelte.

Fast die gesamte Mannschaft war an Land gegangen. Währendem der Kapitän und einpaar Männer, wahrscheinlich seine engsten Alliierten, sich komfortabel im Schatten, in Strandnähe niedergelassen hatten, waren zwei kleine Gruppen ausgezogen die

Umgebung auszukundschaften, sowie frische Nahrung und Wasser zu beschaffen.

Ich wurde andächtig, als ich die Darstellung des Autors der Kundschafter gründlich las. Diese stimmte genau überein mit Obadhias Beschreibung der Gruppe Piraten, welche ihm bei seiner ersten Vision begegnet war.

Eine Analogie die zusätzlich auch Obadhias Glaubwürdigkeit noch untermauerte.

Nachdem die Suchtrupps keinerlei unangenehme Erlebnisse gemeldet hatten und die Versorgung planmäßig abgelaufen war, zeigte sich der Kapitän erstaunlich gelassen. Er kündigte an, dass er den Anker, erst am nächsten Morgen lichten wolle und den Abschluss des Tages, angemessen zu feiern beabsichtige.

Er musste bester Laune sein, um dergleichen Beschluss zu treffen. Im allgemeinen war er eiskalt und duldete, auch nicht den kleinsten Fehltritt seiner Männer. Harte Strafen drohten dem, der seine Befehle nicht auf den Punkt ausführte. Doch wen er es für angebracht hielt, so wie an jenem Tag, konnte er auch seine lobende Persönlichkeit an den Tag bringen.

Mit ziemlicher Sicherheit war es nicht nur der erfolgreiche Tag, der seine Heiterkeit verursacht hatte, denn nur einpaar Wochen zuvor, hatte man ergebnisreich ein prächtiges Handelsschiff gekapert.

Er selbst hatte im Kampf nur zwei, zwar zwei seiner besten Männer verloren, doch diesen Verlust schien er bereits verkraftet zu haben. Solcherart würde er bestimmt im nächsten Hafen wieder anheuern können, meinte er gelassen.

Für diesen Preis hatte er ja auch einen beträchtlichen Wert an Handelsgegenstände erbeutet. Mehr noch, denn an Bord waren vier junge Frauen, die er als die Krone seiner Beute bezeichnete.

In der Tat, diese Frauen würden, auf einem bestimmten Sklaven-markt im Osten, mehr als das doppelte der restlichen Beute ein-bringen.

Seiner guten Laune zufolge, lies er die Frauen an Land bringen, um seinen ergebnisreichen Männern eine außergewöhnliche Be-lustigung aufzutischen. Doch warnte er ...! Sollte einer dieser kostbaren Schätze auch nur ansatzweise verunstaltet werden, würde er dem, und sogar den Verantwortlichen, eigenhändig den Kopf abschlagen!

Die aufgedrehte Fröhlichkeit dauerte an bis tief in die Nacht hinein, bis der Ruhm und sonstiges Gesöff, einer nach dem an-dern zu Boden riss. So lagen sie da in einer scheußlichen Kompo-sition von Schnarchen, Grummeln, Pfeifen und Röcheln. Wahrlich ein Bild des Grauens!

Nur der Kapitän und sein erster Offizier, die beide, von etwas abseits, das fröhliche Treiben, beobachtet hatten, schlenderten noch halbwegs bei Sinnen durch das „Schlachtfeld". An diesem Abend mussten die beiden Oberhäupter mehrmals eingreifen um so, eine sich anbahnende Katastrophe im Keime zu ersticken.

Autorität war nur eine der Stärken des Kapitäns und Vorsicht war die zweite. So meinte er, die Damen könnten ihren Rausch vielleicht nur vortäuschen. Sie könnten abwarten, bis alle in den Tiefschlaf versunken seien und sich dann, still und leise aus dem Staub machen.

„Aber nicht mit uns!!!", grummelte er vor sich hin.

So wurden die Ladys noch zusammengetragen und am Fuße eines Baumes angeseilt. Einen nächtlichen Angriff hatte er eigent-lich nicht zu befürchten. Außerdem bestand kaum noch eine Möglichkeit aus dem dahin röchelnden Jammerhaufen, noch eine sichere Nachtwache zu ordern. Sodann suchten sich die beiden ebenfalls ein gemütliches Plätzchen und verschwanden beruhigt, wie alle Andern, ins Land der Träume.

Es war wieder an der Zeit die Lektüre abzubrechen. An jenem Nachmittag wurde ich zwar nicht in die Vergangenheit versetzt, doch der Autor hatte die Episode so klar und deutlich beschrieben, so, dass ich manchmal den Eindruck hatte, mich doch, an Ort und Stelle zu befinden.

Robert war begeistert, als ich ihm erzählte, was ich gelesen hatte. Ich hatte die Empfindung, dass auch er begann, an Obadhias Geschichten zu glauben.

Er kam mir irgendwie seltsam vor, als er mir sagte, dass er während seiner Arbeit mehrmals geglaubt habe, kurz irgendwelche unbekannte und undefinierbare, dennoch deutliche Geräusche vernommen zu haben, aber nichts ungewöhnliches um ihn herum gesehen habe.

Erwarb er nun auch fortschreitend die Fähigkeit, die Vergangenheit wahrzunehmen?

Während der Fahrt am nächsten Morgen, unterhielten, und mutmaßten wir weiter über die neuesten Erkenntnisse. So saß ich dann wenig später, erneut meiner eher schwierigen Lektüre gegenüber. Ich hatte mich zwar inzwischen, einigermaßen an die uralte Schriftart und Ausdrucksweise gewöhnt, dennoch fiel es mir immer noch schwer, den Sinn verschiedener Wörter auf Anhieb zu verstehen.

Als der neue Tag anbrach, schrieb der Autor, und die wilden Gesellen langsam aus der Traumwelt in die Wirklichkeit zurückkehrten, musste man feststellen, dass die Turteltäubchen bereits ausgeflogen waren. Trotz aller Vorsichtsmaßnahmen des Kapitäns, lagen nur noch die Seile, mit denen sie festgebunden waren, schlaf am Boden rund um den Stamm herum.

So wie es schien, war es schon damals wie auch heute noch in den meisten Fällen, er selbst konnte ja keinesfalls der Übeltäter sein. Und da sie nur noch zu zweit aktiv waren, konnte die Schuld, ob wohl oder übel, nur seinem Offizier zugeschrieben werden. Er war eindeutig derjenige, der seinen Auftrag, die Damen angemessen zu sichern, nicht artgerecht ausgeführt hatte.

Zunächst kam es zu einer heftigen Auseinandersetzung zwischen den beiden, sodass auch diejenigen, die noch nicht bei Sinnen waren, brutal aus dem Schlaf gerissen wurden.

Der Offizier brachte zu seiner Verteidigung vor, dass vielleicht doch Einwohner irgendwo auf der Insel hausten, oder, dass ihnen von sonst einem Individuum, vielleicht sogar von einem exilierten Matrosen, geholfen wurde. Diese Hypothese wurde sogleich vom Kapitän verworfen, da die Versorgungstrupps am Vortage keinerlei Anzeichen einer menschlichen Anwesenheit bemerkt hatten.

Gleich wie die Gefangenen es geschafft hatten während der Nacht zu entkommen, für den Kapitän wäre es ein deftiger Verlust, wenn man die Flüchtlinge nicht wieder einfangen würde. Jedenfalls würde man die Anker nicht lichten, solange die vier Damen nicht wieder an Bord gebracht wären.

Er erließ Order, dass mehrere kleine Gruppen unverzüglich, die Gegend zu durchkämmen hatten.

Die hälfte des Tages war bereits vergangen, jedoch von den vier Flüchtigen hatte man immer noch nicht die geringste Spur aufgespürt. Sie waren wie vom Erdboden verschluckt. Der Kapitän tobte, doch was konnte er schon anders unternehmen, als seine Männer umher zu scheuchen? Er konnte nicht einmal seine Drohung wahr machen, wenn sein erster Offizier tatsächlich der einzige schuldtragende sein sollte. Im stillen ärgerte er sich über seine eigene Dummheit. Hätte er doch diese geschmacklose Feier nicht organisiert und die Frauen unter Aufsicht an Bord gelassen!

Ich hätte gerne erfahren, ob der Kapitän letzten Endes doch noch seine wertvolle Fracht zurückeroberte, oder zumindest, wie dieses Abenteuer endete. Leider unterbrach der Autor die Episode etwas überraschend an dieser Stelle und eröffnete ein neues Kapitel.

Bis zur Mittagspause konnte ich jedoch noch so weit vorankommen, dass ich nun wiederum vermutete, die beiden Mädels, Zamir und Tarita, aus Obadhias Geschichte, könnten vielleicht die „Übeltäter" gewesen sein.

Wenn es tatsächlich so wäre, könnte dies bedeuten, dass der Alte mir wahrhaftig seine Ignoranz bezüglich der überlieferten Begebenheiten vorgegaukelt hatte. Aber warum eigentlich? Dies war immer noch eine offene Frage.

Robert hatte an jenem Vormittag, seinerseits nichts außergewöhnliches oder übersinnliches empfunden. So konzentrierte sich unser Gespräch während der Fahrt auf das Versteckspiel des Bibliothekars. Doch auch Robert fand keine überzeugende Antwort auf die Frage: „warum"?

Nach einem kurzen, freundlichen Wortwechsel mit dem Bibliothekar, nahm ich am Nachmittag meine Lektüre gespannt, wieder in Angriff. Obwohl ich keinerlei Andeutung bezüglich Obadhia ausgesprochen hatte, bemerkte ich wieder dieses bekannte, fast ironische Grinsen in den Zügen des Alten, als er sich abwandte und davon ging.

Außer einigen belanglosen Einzelheiten war Obadhias Erzählung auf den vor mir liegenden Seiten aufgezeichnet.

Ich erinnerte mich, dass seine überlieferte Geschichte ebenfalls abrupt endete, und dass er nicht wusste, was aus den beiden geworden war. Doch nun stand es schriftlich vor meinen Augen!

Nur wenig Tage, nachdem Tarita fasst, wieder in die Hände von Piraten geraten war und sie sich einigermaßen von ihren Strapazen erholt hatte, beschlossen sie, von nun an, nur noch gemeinsam ihre Unterkunft zu verlassen.

Als dann die Vorräte mangelten, stieg Zamir zunächst auf den Hochsitz, um sich zu vergewissern, dass auch kein Schiff irgendwo der Küsste entlang vor Anker lag, dann erst zogen sie aus, ihre Hinterlegung aufzustocken.

Bereits am Vortage hatten sie diesen zweckbedingten Streifzug geplant, doch es war ein fürchterlicher Sturm aufgekommen, aufgrund dessen, hatten sie besonnen ihre sichere Unterkunft nicht verlassen. Da sie sich nahe der Westküste aufhielten, hatten sie nicht die geringste Ahnung von dem Drama, welches sich vor der südlichen Ostküste, während des Sturmes, abgespielt hatte.

Nachdem sie annähernd eine Stunde in östliche Richtung gegangen waren und erst einige Früchte und sonstige Nahrungsmittel eingesammelt hatten, entschieden sie sich, einen weiter südlich gelegenen, ihnen bekannten Ort anzupeilen.

Dort angekommen fanden sie wie geahnt, oder aus Erfahrung gewusst, in einem geringen Umkreis, alles notwendige um ihr Fortleben eine gewisse Zeit zu sichern.

Ihre Transportmöglichkeiten ausgenutzt, traten sie somit ihren langen und mühseligen Heimweg an.

Sie waren bereits eine Weile unterwegs, als Zamir plötzlich innehielt und Tarita mit einer bildlichen Handbewegung zu verstehen gab: „Ruhe!!!" Sie schien etwas ungewöhnliches bemerkt zu haben. Nachdem sie ein Weilchen versucht hatte genaueres durch das Gebüsch hindurch zu erkennen, wandte sie sich flüsternd an Tarita: „Da ist was! Es könnte ein Mensch sein, der dort hinten am Fuße eines Baumes sitzt."

Leise suchten sie einen gelegeneren Blickwinkel, um die Gestallt ausführlicher zu belauern.

Es war tatsächlich ein Mensch, es war ein Mann, der da saß. Scheinbar war er dort eingeschlafen.

Bei genauerem Betrachten kamen sie zu der Annahme, dass es wohl kein Pirat sei, denn seine Kleidung deutete eher auf einen einfachen Matrosen hin. Außerdem schien er, aus ihrer Entfernung gesehen, auch nicht, oder nur leicht bewaffnet zu sein.

Sie fassten den Entschluss, sich ihm auf Umwegen zu nähern, ihn dann von beiden Seiten gleichzeitig zu überraschen, Zamir mit gezücktem Säbel und Tarita mit gespanntem Bogen.

Als der Mann nicht im geringsten auf das rabiate Auftreten der beiden reagierte und sie genauer hinsahen, stellten sie fest, dass er tot war. Er musste bereits seit Stunden, vielleicht sogar seit Längerem abgeschieden sein. Sie erkannten zwar eine schlimme Kopfverletzung, doch konnten sich nicht erklären, was dem Mann zugestoßen sein könnte. Vielleicht wurde er, während des Sturmes, welcher ja am Vortage gewütet hatte, von einem herumfliegenden Ast getroffen, konnte sich aber noch aus eigener Kraft dort niederlassen. Wäre er überfallen worden, meinte Tarita, dann würde er eher ausgestreckt am Boden liegen.

Zamir fand auffällig, dass ein Matrose nicht einmal ein Messer bei sich trug, obwohl sie ein leeres Futteral am Hüftriemen erblickte.

Waffen oder sonstige, für sie nützliche Gegenstände, konnten sie jedenfalls nicht erbeuten. Den armen Kerl deckten sie mit herumliegenden Ästen und Zweigen zu, denn Werkzeuge zum Eingraben hatten sie nicht zur Hand.

Dann, als sie ihren Heimweg fortsetzen wollten, bemerkte Tarita eine kaum noch erkennbare Fußspur. Jemand musste dort vorbei gekommen sein. Die Abdrücke deuteten an, dass dieser jemand, mit Sicherheit eine einzelne Person, in eine nördliche Richtung weitergegangen war. Dies könnte erklären, auf welche Weise das Messer des Toten abhandengekommen war.

Doch wer waren diese beiden Personen, eine tote und eine, wahrscheinlich noch lebende? Wo kamen sie hehr? Außer von kurzfristig anwesenden Piraten, hatten die Mädels noch kein Anzeichen von eventuell vorhandenen Einwohnern beobachtet.

Schweigend, in Gedanken versunken, schritten die beiden ihrer Behausung entgegen. Sie überlegten, suchten nach einer Erklärung.

Plötzlich machte Zamir halt und wandte sich an Tarita, die nur einige Schritte hinter ihr war.

„Moment!", sagte Zamir.

„Was ist …, noch jemand?"

„Nein …, ich dachte gerade …, gestern der Sturm! Könnte nicht ein Schiff zu Schande gekommen sein? Könnten diese beide Männer nicht Schiffbrüchige gewesen sein? Denk mal nach …, ein Matrose. Der andere war vielleicht auch ein Matrose."

„Das wäre möglich. Und ich denke …, wenn ein Schiff nahe der Küste gesunken ist, dann könnten sogar noch weitere Überlebende in der Gegend sein. Ich sag dir was: Wir sollten so schnell wie möglich mach Hause! Wenn uns dort jemand angreifen will, da haben wir zumindest nur unseren Eingang zu verteidigen."

„Du hast recht ..., also los!"

Die unbekannte Person war zwar in eine Richtung gegangen, in welcher diese sich eher von ihrem Heim entfernte, doch die Vermutung, dass weitere Individuen in der Gegend sein könnten, trieb ihre Schritte an.

Als sie endlich ihre Höhle betraten, konnten sie erleichtert feststellen, dass scheinbar noch niemand ihre Unterkunft gefunden hatte. Auch in den darauffolgenden Tagen beobachteten sie keine Menschenseele in ihrer Nähe.

15

Auch an jenem Nachmittag wurde mir keine erhoffte Anwesenheit in der Vergangenheit beschert. Dennoch begann ich zu begreifen, dass die einzelnen Ereignisse, die ich gehört, gelesen und sogar miterlebt hatte, langsam zu einem Ganzen verschmolzen. Alle spielten sich scheinbar in der gleichen Zeitspanne ab.

Dies ist nur eine der Geschichten, aus der Zeit als die Insel entdeckt wurde, eine der Geschichten, die auch die Bevölkerung derselben ankündigte.

So wie der unbekannte Autor, einige Seiten zuvor, seinen Überlebenskampf nach dem Schiffbruch beschrieb, konnten es nur seine Fußspuren sein die Zamir und Tarita unweit des Toten entdeckt hatten. Und da war ja auch noch die junge Französin, die mir während einer meiner Visionen begegnete, dies war ja auch kurz nach dem Sturm. Nur hatte ich darüber noch nichts gelesen, genauso wie über die vier Damen die den Piraten entkommen waren.

Es gab da noch einiges was der Autor, zu der Zeit als er auf der Insel war und auch später, als er das Buch schrieb, nicht wusste, er konnte ja nicht überall dabei gewesen sein. Doch nun, da er nicht mehr lebt, kann er vielleicht alles erkennen, vermutete ich mal.

Indem ich so überlegte, kam mir plötzlich eigenartig vor, dass es immer dann, wenn in den Schriften, Lücken im Verlauf der Geschichte auftraten, mich der Bibliothekar in die Vergangenheit schickte.

Mehr ich darüber nachdachte, kam mir immer wieder der Gedanke, dass er selbst der mysteriöse Autor sein könnte.

Nun ist er ja ein Geist, er weiß und sieht nun zwar alles das, was damals geschah, kann es aber nicht mehr niederschreiben, dachte ich, und das könnte die Antwort auf, zumindest einige meiner noch offenen Fragen sein.

„Sie scheinen mir nachdenklich, junger Freund." Sagte er, als ich ihn am nächsten Morgen begrüßte.

„Nun ja, diese ganze Geschichte macht mir in der Tat zu schaffen." Erwiderte ich.

Wir gingen, einpaar Schritte schweigend, bevor er sagte:

„Keine Sorge, mein Freund. Das wird schon wieder. Sie sind auf dem besten Wege die Historie nach meinen Vorstellungen glanzvoll abzuschließen. Nur noch etwas Geduld."

„Geduld habe ich schon, nur bleibt mir nicht mehr viel Zeit!"

„Zur Genüge, mein Freund …, zur Genüge."

Wir waren am Eingang zum Leseraum angekommen. Er zog den Schlüsselbund unter seiner langen Robe hervor und öffnete. Indem er mir noch einen angenehmen Vormittag wünschte, ging er ohne weitere Randbemerkung davon.

Ohne wirklich etwas wahrzunehmen, schweiften meine Blicke im Raum umher. Es vergingen sogar einige Minuten, bevor ich vermochte, mich auf meinen Text zu konzentrieren.

Als ich die am Vortage zuletzt gelesene Seite nochmals flüchtig in Augenschein nahm, fiel mir auf, dass der Autor das Vorgehen der beiden Mädels ausführlich beschrieben hatte. Wenn es so war, wie ich vermutete, dann könnte er dort ganz in der Nähe gewesen sein und sie genau beobachtet haben.

In den nachfolgenden Zeilen beschrieb er auch ihre Unterkunft, genau so, wie ich diese, in eine meiner früheren Visionen, gesehen hatte. Ich erinnerte mich, es war zu der Zeit, wo Obadhias Geschichte der beiden Mädels endete.

Ich begann zu verstehen, warum er mich in letzter Zeit nicht mehr dorthin versetzt hatte, denn er musste sich wohl selbst, einige Zeit in ihrer Nähe aufgehallten haben.

Wie ich nun weiter aus seiner Schrift erfuhr, waren es mit Sicherheit die gleiche Unterkunft und der gleiche Ort, doch hatte sich allem Anschein nach einiges verändert. Selbst die beiden Mädels beschrieb er anders. So wie ich sie in Erinnerung hatte, mussten mindestens einige Monate vergangen sein, denn er schrieb: … sie besaßen bereits allerlei handgemachte Gegenstände, Werkzeuge und Waffen …

Ich sah sie damals noch mit den Überresten ihrer Gewänder bekleidet, in seiner Beschreibung hingegen, trugen sie nur noch Felle von Kleintieren.

Diese Erklärungen wiesen darauf hin, dass hier wiederum eine nicht beschriebene Zeitlücke im Text bestand, und dass ich, fast mit Bestimmtheit, bald wieder abgesandt würde, diese Zeitspanne zu erleben.

Von ihrem Hochsitz aus, wo ich ja auch einmal neben Zamir gestanden hatte, konnte man das offene Meer von Südwesten bis Nordwesten beobachten. Weiter nach Norden verdeckte allerdings eine weit entfernte Bergkette den Horizont.

Im Buch stand, dass sie sich einige Tage später, mit ihren Waffen und Proviant in Richtung Norden aufmachten.

Hier unterbrach oder beendete der Autor auch seinerseits die Geschichte der beiden Mädels mit den Worten: Ich wartete noch mehrere Tage, doch sie kehrten nicht zurück!

Er wartete mehrere Tage auf ihre Rückkehr und als er versuchte sie wiederzufinden, gelang es ihm nicht. Das war mein Gedanke, und ich war mir sicher, dass er nun, auf kurz oder lang, meine Hilfe in Anspruch nehmen würde. Jedenfalls bereitete ich mich auf eine weitere Reise in die Vergangenheit vor.

Als Robert mich zur Mittagspause abholte, erkundigte er sich gleich über die Neuigkeiten des Tages. Da die Rückfahrt nur einige Minuten in Anspruch nahm und wir bei Muttern ja nicht mehr über alles offen reden konnten, verharrten wir noch eine Weile an Ort und Stelle. Über eine kleine Verspätung würde Sylvie sich wohl kaum aufregen.

Robert fand meine Überlegungen äußerst interessant. Er meinte, dass er wohl nicht das Glück haben würde, eines Tages eine derlei Reise zu unternehmen.

„Was soll's …, ich bin sowieso nicht für solche Sachen geeignet und ein Buch schreiben …, Ha …! Vergiss es! Und die Geräusche, die ich vor Kurzem glaubte, gehört zu haben, war wohl nix. Ein Hirngespinst, denk ich mal."

„Meinst du?"

„Aber sicher!"

Darauf startete er den Motor und wir machten uns auf den Weg nach Hause.

Am Nachmittag geschah dann, das, was ich vermutet hatte. Ich wollte soeben mit der Lektüre des neuen Absatzes beginnen, als ich wie aus heiterem Himmel in einer Gegend auftauchte, die mir noch unbekannt war.

Ich stand auf einer kleinen Anhöhe. Vor meinen Augen öffnete sich eine weite Ebene. Soviel ich von meinem Standpunkt erkennen konnte, wuchs dort nur hohes Gras sowie, in etwa mannshohe Sträucher und Büsche. Nur hier und da ragten einige Baumkronen über diese Wildnis empor. Die einen waren tannen- oder fichtenähnlich, andre waren breit und flach, wovon einzelne, aus der Ferne gesehen, hundert, vielleicht sogar noch mehr Jahre alte Bäume, zu sein schienen.

Darüber hinaus erkannte ich die zuvor auch vom Autor beschriebene Bergkette, es war mit ziemlicher Sicherheit die heute genante, *„Montagne longue"*, im Nordosten von „Port Louis".

Auch in dieser Gegend konnte ich, so weit das Auge reichte, nichts erkennen, was von Menschenhand errichtet worden sein könnte. Die Berge waren die einzigen Anhaltspunkte, an denen ich mich orientieren konnte. Die Stadt hätte ich sehen können, wenn sie auch nur fragmentär existiert hätte.

Noch etwas verwirrt stand ich nun da. Ich fragte mich eben noch, was ich eigentlich dort sollte, als ich ein, sich mir näherndes Geräusch vernahm. Zunächst war es nur ein leises Rascheln, welches aber zunehmend deutlich ohrenfälliger wurde. Es kam etwas oder jemand in meine Richtung. Aus Angewohnheit wollte ich mich schleunigst ins Gebüsch zurückziehen, doch nun bewusst, dass, was oder wer es auch sei, mich nicht wahrnehmen würde, blieb ich beharrlich an meinem Standort.

Kurz darauf wurde mir klar, zu welchem Zweck ich an diesen Ort befördert worden war. Ich hätte es ahnen können, es waren die beiden Mädels, die da auf mich zukamen. Er hatte sie damals aus den Augen verloren, und nun hatte ich die Aufgabe, den weiteren Verlauf ihrer Reise zu dokumentieren.

Ab diesem Zeitpunkt war ich mir sicher, dass er der Autor war. Was vor dem Schiffbruch geschehen war, wie Zamir und Tarita auf die Insel gelangt waren, das hatte Obadhia in seinen Visionen gesehen. Somit begann sich die Geschichte, nach und nach zu vervollständigen.

So wie ich die beiden wiedersah, hatte ich sie nicht in Erinnerung. Hätte ich nicht gewusst, dass sie es waren, dann hätte ich sie auf den ersten Blick nicht wiedererkannt.

Jedenfalls schienen sie in bester Verfassung. Sie waren auffallend kräftiger geworden. Ihre niedlichen Pelzröckchen verhüllten nur spärlich ihre sonnengebräunte Haut. Mit ihrem nun auch längeren, zerzausten, pechschwarzen Haar und bis zu den Zähnen bewaffnet, schienen sie bei Weitem nicht mehr so vulnerabel, eher sogar, irgendwie gefährlich.

Ich überlegte, ob ich wohl berechtigt sei, auch sie anzusprechen. Es wurde mir allerdings klar, dass es schwierig sein würde, denn ich erinnerte mich an diese mysteriöse Situation, damals als ich sie in ihrer Höhle beobachtete, ich verstand zwar, was sie sagten, aber ihre Sprache konnte ich nicht identifizieren. Was könnte geschehen, wenn sie meine Worte nicht verstehen würden? Ich könnte ihnen nicht einmal meine unsichtbare Präsenz erklären. Es kam mir die Befürchtung, dass sie dadurch vielleicht ihr Vorhaben abändern könnten, was wiederum für mich äußerst gefährlich würde. Somit entschied ich mich, sie vorerst eine Weile nur stillschweigend zu begleiten.

Ich befand mich erneut in einer kuriosen Situation. Ich belauschte die beiden, in der Hoffnung doch noch ihre Sprache zu erkennen. Es klang irgendwie hebräisch, vielleicht ein Dialekt aus jener Zeit. Keine Ahnung! Eigenartig war, ich verstand alles, was sie sagten, genau wie damals in der Höhle, so als würde jemand mir die Deutung ihrer Gespräche ins Ohr flüstern.

Sie gingen in Richtung dieser Berge, deren Gipfel heute Namen tragen wie: *„Pic des Guibies"*, *„Junction Peak"*, oder *„Pic Seneque"* …

Für Zamir und Tarita war es ein harter Weg. Für mich hingegen war es ein Leichtes in ihrer Nähe zu bleiben, ich hatte immer den Eindruck zu schweben.

Desto weiter wir in die unbekannte Gegend eindrangen, desto schöner, aber auch wilder und steiniger, enthüllte sich die Umgebung.

Kleine Bächlein durchschlängelten Gebüsch und Geröll, hier fast geräuschlos, dort stürzten sie mit hellem Geplätscher von einem hervorragenden Felsblock in die Tiefe, um sich weiter mit andern ihres Gleichen, zu einem mächtigeren zu vereinen. An den Bäumen und Sträuchern, welche die Ufer dieser Sturzbäche besiedelten, baumelten Mistelgewächse und Schlingpflanzen. Der Erdboden war holprig, von dickem, schwarzen Vulkangestein belegt und in einer feuchten Atmosphäre ohne Sonnenlicht, mancherorts von einer dicken Moosschicht belegt. Mehr oder weniger verrottetes Gehölz, heimtückisch unter einer Vielfalt von Farnen versteckt, erschwerten den Vormarsch.

Der bald zum Wildbach angeschwollene Wasserlauf hatte sich im Laufe der Zeit einen Weg tiefer und tiefer im Geröll geschaffen. Die Ufer lagen nun bereits beiderseits zwei bis drei Meter über dem Gewässer.

Zamir und Tarita kamen nur mühsam, auf einem steilen Schmalufer voran. Ein majestätisches, wüstes Durcheinander von Schlingpflanzen aller Art, überdachte den Wildbach, sodass man von dort oben, den Grund der Schlucht nicht mehr sehen konnte.

Sie waren offensichtlich in ein Labyrinth ohne Ausgang vorgedrungen und konnten letztendlich nur den Rückzug antreten. Sie befanden sich in einer äußerst gefährlichen Situation. Es wäre mir nicht schwergefallen ihnen einen gefahrloseren Weg zu finden, doch ich durfte ja nicht in ihr Vorhaben eingreifen.

Kaum hatte ich begonnen mich in Gedanken mit der Situation auseinanderzusetzen, als das geschah, was ich befürchtet hatte.

Plötzlich, Tarita hatte sich mit einem Fuß in einer der verhexten Lianen verhakt und verlor das Gleichgewicht, sie griff noch instinktiv nach irgendeinem Halt, doch verschwand in einem herzzerreißenden Geschrei, wie von der Vegetation verschlungen, wahrscheinlich in die Tiefe.

Zamir stand einen Augenblick dort wie vom Blitz getroffen, dann begann sie zu rufen, doch bekam keine Antwort. Vielleicht wurde auch Taritas Rückruf vom lautstarken Geräusch des Wildbaches übertönt.

Wenn sie auch das Schlimmste befürchtete, sie musste sich Gewissheit verschaffen. Auf allen vieren, gefährlich über den Felsrand gebeugt, versuchte sie irgendetwas, das auf den Verbleib ihrer Gefährtin hinweisen könnte zu erblicken, doch die wilde Vegetation am Hang und über den Fluten war zu dicht. Ein Versuch an dieser Stelle hinabzusteigen erwies sich ebenfalls als ein unmögliches Unterfangen.

Eiligst suchte sie nach einer ungefährlicheren Möglichkeit hinunter in den Bach zu gelangen. Dann musste sie die Stelle wiederfinden, wo Tarita abgestürzt war. Tapfer kämpfte sie sich, im stellenweise fast kniehohen, reißenden Wasser und aalglatten Gestein voran. Gleichzeitig untersuchte sie, immer wieder rufend, das Ufergebüsch. Die Lage schien bange Minuten lang aussichtslos, doch dann plötzlich vernahm sie ein leises Jammern und Schnaufen. Sie hatte ihre Gefährtin gefunden!

Die Schlingpflanzen die Tarita dort oben zu Fall gebracht hatten, hatten ihr auch das Leben gerettet. Nur knapp einen Meter über dem Wasser hing sie in den Lianen eingerollt wie eine Fliege in einem Spinnengewebe.

Sogleich begann Zamir, mit ihrem Säbel die Stränge zu zerschneiden. Bald begannen Taritas Fesseln sich zu lösen, dann glitt sie kraftlos, langsam in die Arme ihrer Genossin.

Obwohl ich neben ihnen im Wasser stand, fühlte ich Kurioserweise keine Nässe.

Ich hörte, wie Tarita immer noch fauchend nach Luft rang und verstand, wie Zamir sie in ihrer Mundart fragte:

„Ich habe dir schon von da oben zugerufen. Wieso hast du nicht gleich geantwortet? Ich hätte dich früher gefunden!"

„Ich habe dich erst jetzt gehört, vielleicht war ich eine Weile bewusstlos." Stammelte Tarita abgehackt. „Ich hätte auch nicht gekonnt, ich bekam kaum noch Luft zum Atmen!"

Sie lebte noch und das war wohl im Augenblick das Wichtigste. Allerdings war von ihrer aufgeheiterten Ausstrahlung von zuvor, nicht mehr viel zu erkennen. Sie biss sich auffallend durch quälende Minuten. Die Schlingpflanzen, die sie auffingen, hatten an ihrem Körper schmerzhafte Abschürfungen hinterlassen.

Zamir half ihr, sich am Bachrand auf einen Felsbrocken niederzulassen und bemühte sich, mit den vorhandenen Mitteln, die blutigen Kratzer und Schrammen zu versorgen.

Nach einer Weile beherrschte Tarita auch wieder einigermaßen ihre Atmung und versuchte sich bereits zu erheben, wenn auch noch sehr behutsam und mit schmerzverzerrten Gesichtszügen.

Unterstützt von ihrer Gefährtin humpelte sie einige Schritte hin und hehr.

„Setz dich wieder hin!" Sagte Zamir in einem fast autoritären Ton. „In dem Zustand können wir heute nicht mehr weiter. Setz dich da und rühr dich nicht vom Fleck, bis ich wieder da bin, nicht, dass du mir noch ins Wasser fällst. Ich suche uns dort drüben einen Platz zum übernachten."

Nur wenige Schritte von dem Felsklotz entfernt, auf welchem Tarita saß, musste Zamir durch den Bach ausschreiten, um die vom Ufer herabhängenden Auswüchse zu umgehen. Als Zamir sich auf den Weg machte, hatte ich plötzlich den Eindruck, mir klopfe jemand auf die Schulter und die Umgebung verschwamm vor meinen Augen. Dann hörte ich die bekannte Stimme des Bibliothekars:

„Da sind wir wieder, junger Freund. Es ist an der Zeit abzubrechen."

Jetzt erst bemerkte ich, dass ich im Leseraum saß. Der „Alte" stand hinter mir, seine rechte auf meiner Schulter.

„Kommen Sie ..., unser Freund Robert wartet bereits."

16

Ich hatte mir vorgenommen, am nächsten Morgen mal einiges klarzustellen. Ich war immer noch etwas verunsichert. Ich wollte nun endlich wissen, ob dies alles nur ein Traum sei. Wem und in welcher Situation konnte ich gefahrlos, meine unsichtbare Anwesenheit ahnen lassen?

Der Bibliothekar bat mich doch Platz zu nehmen, denn er meinte, die Erklärungen könnten eine Weile in Anspruch nehmen, und damit wir uns ungestört unterhalten konnten, gingen wir gleich in den Leseraum.

Nachdem ich ihm meine Situation vom Vortage nochmals erläutert hatte, obwohl ich mir sicher war, dass er bereits darüber im Bilde war.

Auf meine erste Frage antwortete er gleich:

„Ein Traum ..., nein keinesfalls! Während dieser Phasen befinden Sie sich in einem Bewusstseinszustand, welchen man zwischen Traum und Wirklichkeit eingliedern könnte, manchmal auch sogar, zwischen Albtraum und Wirklichkeit.

Ihre Überlegungen waren allerdings gerechtfertigt. Ich kann Ihnen nur gratulieren zu Ihrer Entscheidung. Nämlich diese, für die beiden Mädels unverständlichen Laute, die sie von irgendwo hehr vernommen hätten, hätten in der Tat, ein Beweggrund für eine panische Reaktion sein können."

„Wieso hätten sie mich nicht verstehen können? Ich verstand doch ihre Sprache. Und auch die junge Dame, mit der ich mich bereits früher unterhielt, verstand, was ich zu ihr sagte. Verblüfft war sie zunächst schon, aber von heller Aufregung oder gar Panik konnte ich nichts erkennen."

„Gute Frage und eigentlich auch gute Überlegung. Doch um dies zu erklären, müssen wir uns einiges vor Augen bringen:

Alle Personen, denen Sie in der Vergangenheit begegnet sind, existieren physikalisch nicht mehr. Ihre Sprache ihr Wissen kann sich demzufolge, seit dem Moment ihres Ablebens, auch nicht mehr verändert haben. Außerdem begegneten Sie diesen Personen zu deren Lebzeiten.

Erinnern Sie sich an die junge Dame, sie war Französin, ihre Muttersprache war französisch, dennoch sagte sie Ihnen, dass sie Ihre Mundart nicht recht verstehe. Wieso? Ganz einfach …, es war ja nur die Wortart, wahrscheinlich auch die Aussprache, wodurch sie einige Schwierigkeiten hatte, Sie zu verstehen. Trotz dieser Differenzen redeten Sie in ihrer Muttersprache. Bei den beiden Mädels wäre dies allerdings nicht der Fall gewesen."

„Ich verstehe …, aber wieso kann ich die beiden Mädels verstehen, obwohl ich ihre Sprache nicht einmal erkenne?"

„Nun, auch für dieses Phänomen gibt es eine Erklärung. Soviel ich feststellen kann, sind Sie die einzige, noch Physikalisch existierende Person in dieser Geschichte und somit noch geistig in der Lage eine Sprache zu erlernen. Sie können diese Sprache verstehen, weil sich Ihr Bewusstsein alleine dort befindet, dies ohne die Ansprüche Ihres Körpers und Ihrer Gedanken versorgen zu müssen. Um es deutlicher auszusprechen, ich sorge dafür, dass während Ihrer Abwesenheit, Ihr Hirn nur die lebenswichtigen Impulse zu erzeugen hat. Es ist einzig Ihr Bewusstsein und oder Unterbewusstsein, welches die Worte der beiden erfasst. Wäre Ihr Körper noch in Verbindung mit Ihrem Bewusstsein, könnten Sie diese Sprache auch nicht so ohne Weiteres verstehen, oder gar aussprechen. Diese Funktion müssten Sie dann, wie allgemein, erst erlernen."

„Wenn ich das recht verstehe, dann sind Sie fast so etwas wie ein Gott!"

„Eine Art Gott meinen Sie? Nein, nein ...! Bei Weitem nicht! Zu Lebzeiten war ich, das was man noch heute als „Schamane" bezeichnet. Folglich ist mir zwar vieles gegeben, aber doch nicht alles. Seien Sie Vorsichtig, achten sie auf die Regeln, denn Verstöße könnte ich leider auch nicht rückgängig machen.

Was dann passieren würde, habe ich Ihnen ja bereits vor einiger Zeit erklärt. Ihr Eingreifen in das bereits geschehene, wäre für Sie der fatale Schritt in die Vergangenheit."

„Na gut ..., seien Sie unbesorgt! Nachdem Sie mir dies alles eingehend erklärt haben, werde ich, auf alle Fälle, versuchen mich zu beherrschen!"

Als er gegangen war, konnte ich mich wieder seinen schriftlichen Ausführungen widmen. Doch als ich feststellte, dass er im folgenden Abschnitt die beiden Mädels nicht mehr erwähnte, und nur weiter seine eigenen Erfahrungen schilderte, vermutete ich gleich, dass er damals die beiden Mädels aus den Augen verloren hatte. Wahrscheinlich hatte er auch die Suche nach ihnen aufgegeben. So hatte der Autor es zumindest einige Seiten zuvor niedergeschrieben.

Es kam somit immer deutlicher zum Vorschein, dass er selbst, nur der mysteriöse Autor sein konnte.

Kaum hatte ich dies erkannt, schwand auch schon meine Wahrnehmung der Schrift und eine neue, mir noch unbekannte Umgebung, tauchte vor meinem geistigen Auge auf.

Unweit von mir entfernt identifizierte ich Zamir, gefolgt von Tarita in einer bewaldeten Anhöhe aufwärtsgehen. Ohne die geringste Anstrengung konnte ich die Beiden, wie im Fluge einhohlen.

Dass wir uns nicht mehr in dem Gebiet befanden, wo Taritas Unfall geschah, hatte ich schon gleich festgestellt, denn von Felsen, Geröll oder Wildbach war nichts zu sehen.

Aus der Nähe betrachtet, stellte ich fest, dass Taritas blutrote Abschürfungen eine dunklere Färbung angenommen hatten und sie auch ihre Agilität wiedererlangt hatte. Demgemäß mussten mindestens zwei oder drei Tage, wenn nicht mehr, vergangen sein.

Zu dem Zeitpunkt hatte ich noch keine Ahnung, wo wir uns eigentlich befanden, doch als wir auf der Erhebung den Waldrand erreichten, öffnete sich vor unsern Augen, mitten im Wald, eine hüglige, absolut kahle Fläche. Nicht einmal Gräser wuchsen dort. Nun wusste ich, dass wir in der Gegend von „*Chamarel*" waren. Dieses eigenartige Areal existiert auch in unsrer Zeit noch und ist sogar eine beliebte Touristenattraktion, heute: „*Terre de couleurs*" auch „*Terre des sept couleurs*" genannt.

Während ihrer Zwangspause hatten sich die beiden mit Sicherheit entschlossen, ihre Marschrute nach Norden abzubrechen und in ihre heimische Umgebung zurückzukehren. Ob sie es wussten? Von diesem Ort aus waren sie nicht mehr sehr weit von ihrer Unterkunft entfernt. Jedoch hatte ich mich wohl, was die Zeitspanne ihrer Reise betraf, um einpaar Tage verschätzt, denn unter den gegebenen Umständen und angesichts der Entfernung, waren eher fünf oder gar sechs Tage vergangen.

Die Gelegenheit hatte sich noch nicht ergeben, mich zu informieren, wie die Jahreszeiten in dieser Gegend verliefen, nahe dem Äquator und überdies in der südlichen Hemisphäre. Auch hatte ich mir noch keine Gedanken darüber gemacht, ob unsere gegenwärtige Jahreszeit wohl mit der, die ich in der Vergangenheit erlebte übereinstimmte.

In den zuletzt gelesen Abschnitten des Buches beschrieb der Autor eine besonders heiße Zeit des Jahres. Obwohl ich die fast unerträgliche Hitze, die er betonte, nicht wahrnehmen konnte, so erkannte ich doch ringsum die Anzeichen, dass die Atmosphäre beengend war.

Zamir und Tarita machten nur einige Schritte hinaus auf die Erdhügel. Ich sah nur kurz, wie ihre schweißtriefende Haut in der Sonne glänzte, denn sie suchten sogleich wieder Schutz im Schatten der Bäume.

Als sie dann durch den Wald weiterzogen, folgte ich ihnen. Sie schienen die Gegend gut zu kennen, denn ohne zu zögern, gingen sie in die geeignete Richtung ihrer Höhle.

Diese tagelang während Bruthitze ließ nun Dunstschwaden aus dem Ozean aufsteigen, welche sich nach und nach um die Berggipfel ansammelten. Die Sonne verdunkelte sich und der Wind frischte auf.

Während dessen zogen die beiden Mädels durch ein enges Tal, beiderseits so dich bewaldet, sodass sie den Einbruch einer derartigen Gewitterfront, als solche, nicht einschätzen konnten.

Als dann der auffrischende Wind zum Sturm anschwoll und sich regelrecht die Schleusen des Himmels öffneten, suchten sie schnellstens nach einem Unterschlupf. Scheinbar hatten sie Glück, nur einige Schritte entfernt, etwas abseits im Wald, entdeckten sie eine Einbuchtung, eine Art kleine Höhle unter einem Vorsprung.

Bislang hatten sie noch nie ein solches Desaster erlebt! In kürzester Zeit verwandelte sich vor ihren Augen das kleine Tal in einen braunen schlammigen Teich. Wie versteinert hockten sie in ihrem Schlupfloch und verfolgten das Schreck einflößende Spektakel. Doch dies sollte erst der Auftakt eines desolaten Erlebnisses sein.

Plötzlich bemerkten sie ein leichtes Zittern im Erdreich, begleitet von einem, wie aus der Ferne hörbaren dumpfen Grollen. Besorgt beugte sich Zamir hinaus, nur um das beängstigende Phänomen zu erkunden.

Im gleichen Augenblick ergriff sie auch schon Taritas Arm und schrie:

„Raus hier …! Schnell raus hier!"

Eine Meter breite Schlammlawine ergoss sich zischen den Bäumen den Hang hinunter, genau auf das Refugium der beiden zu und riss alles Unterholz und Gestein mit sich ins Tal hinab.

In letzter Sekunde konnten sich die Mädels mit ihrem kargen Hab und Gut aus der Flussbahn des Verderbens retten. Tarita musste eingestehen, dass sie schon wieder Glück im Unglück hatte, und dies in kurzer Zeit. Zamir hatte sie noch fest in der Hand und konnte sie an sich reißen, als der äußerste Rand des Flusses noch ihre Füße erwischte. Diese totbringende Gefahr hatten sie zwar überwunden, doch nun standen sie im strömenden Regen und der immer noch tobende Sturm bedeutete eine neue Gefahr.

Zum Abend hin beruhigte sich die Wetterlage. Es hatte aufgehört zu regnen und auch der Sturm hatte sich gelegt. Es wehte nur noch eine leichte, laue Brise aus Sud West und die Abendsonne tauchte über dem Horizont aus den Dunstschwaden auf, als sich die Mädels ihrer heimischen Unterkunft näherten.

Frohen Mutes aktivierten sie ihre Schritte. Sie freuten sich bereits ihr trautes Heim wiederzufinden, ohne zu ahnen, dass sie dort eine außergewöhnliche Überraschung erwartete.

Den Wald, den sie zielsicher durchquerten, war ihnen bekannt. Sie hatten bald ihre Endstation erreicht, als Tarita plötzlich innehielt.

„Schau mal Zamir! Was ist das?"

„Was denn?"

„Sieh doch, da drüben …, neben dem umgestürzten Baum!"

Ein fast waagerecht durch das Geäst einfallender Strahl der Abendsonne ließ dort, irgendwelchen kleinen Gegenstand hell aufleuchten. Schon eilte Tarita auf das glitzernde Etwas zu. Jedoch an Ort und Stelle fanden sie nur noch verbogene, ineinander verhakte Wurzeln, ein Haufen Erde und Geröll und einen vom Fuße des mächtigen Baumes ausgehobenen Krater, gefüllt, fast bis zum Rand, mit einer schlammigen Brühe.

Obwohl beiden dieses eigenartige Schimmern in der Ferne aufgefallen war, konnten sie an Ort und Stelle nichts derartiges mehr auffinden. Daher fassten sie nach einer Weile den Entschluss, ihren Heimweg fortzusetzen. Intuitiv warf Tarita noch einen Blick auf ihre schlammigen Füße. Nur einige Zentimeter neben ihrem linken Fuß fiel ihr ein kleines, farbloses, dennoch merkwürdig geformtes Steinchen auf.

Sie bückte sich um es an sich zu nehmen, nur um es näher zu betrachten. Jedoch merkte Tarita gleich, dass etwas nicht passte, denn das harmlose Steinchen ließ sich nicht wie allgemein, einfach aufheben. Sie versuchte erneut mit etwas mehr Kraftaufwand, und siehe da, zwei ähnliche, fest mit dem ersten Steinchen verbunden, tauchten aus dem Schlamm auf.

Erstaunt rief sie Zamir herbei:

„Zamir …! Komm mal schnell hehr …, ich hab was gefunden!" Schrie sie aufgeregt.

Während Zamir sich näherte, wurde Tarita geschäftig und begann mit beiden Händen, rundum ihren Fund, in der Pampe zu kratzen.

Beim Anblick ihrer Freundin konnte sich Zamir zunächst einen sarkastischen Lacher nicht verkneifen.

Im „Eifer des Gefechtes" war Tarita auf die Knie gefallen und fast bis zum Dups im Schlick eingesunken. Scheinbar hatte sie sich zwischendurch auch noch maschinell den Schweiß von der Stirne gewischt.

„Ach du lieber Himmel …! Was tust du da im Dreck? Hörte ich nicht, du hättest was Gefunden?"

„Hab ich auch …! Schau hehr!"

In dem Moment gelang es ihr, das gesamte Fundstück ans Tageslicht zu bringen. Was dieses verdreckte Etwas nun genau war, konnte man in dem Zustand noch nicht feststellen. Zamir vermutete auf den ersten Blick, dass es eine Halskette sein könnte. Genauso konnte sie nur ein strahlendes Lächeln in Taritas Zügen vermuten, dies bloß angesichts der zwei schneeweißen Zahnreihen.

„Was ist das?", fragte Zamir, nachdem sie ihre Lachmuskeln einigermaßen gezähmt hatte.

„Woher soll ich das wissen? Wir müssen es erst einmal waschen. Vielleicht sind es Edelsteine, es könnte ein wertvolles Schmuckstück sein und vielleicht gibt es noch mehr davon hier in dem Haufen."

„Vielleicht hast du recht. Aber wie könnte auch ein einzelnes Schmuckstück hierher gelangt sein?"

„Komm wir suchen weiter …!"

„Auf keinen Fall! Wenn es so wäre, das wäre gar nicht gut! Das könnte ein Piratennest sein!"

„Und?"

„Los …! Schmeiß das Ding in den Tümpel und dann verschwinden wir von hier! Wir können sowieso nichts mit dem Zeug anfangen."

„Das kann doch wohl nicht dein Ernst sein?"

„Ist es aber …! Hast du deine Begegnung mit diesen Banditen von damals schon vergessen? Die verstehen keinen Spaß …! Müsstest du doch wissen!"

„Na ja …, ich meine nein, hab ich nicht vergessen. Du könntest möglicherweise recht haben, wir sollten uns vielleicht doch besser da raus halten."

„Na wer sagt's denn? Wirst du doch endlich mal vernünftig."

Darauf machten sie sich auf den Heimweg. Zamir ging voraus. Obwohl sie bemerkt hatte, dass Tarita ihren Fund, diskret immer noch mit sich trug, ließ sie es sich nicht anmerken. Erst nach einigen Schritten sagte sie kurz betont:

„Tarita …! Wegschmeißen!!!"

„Ja ja, ich mach ja schon!"

Als sie dann, wenig später, endlich die Büsche vor dem Eingang ihrer Höhle erkannten, stoppte Zamir plötzlich den Vormarsch, ging augenblicklich in die Hocke und mit einem unverkennbaren Handzeichen deutete sie Tarita eine Gefahr an. Darauf schlich sich Tarita behutsam an ihre Seite und fragte flüsternd:

„Was ist?"

„Hör genau hin …! Da hat sich was bewegt und ich glaube sogar Stimmen gehört zu haben. Es scheint jemand in unserer Höhle zu sein!"

„Und was machen wir nun?"

„Ich schlage vor, wir beobachten erst mal eine Weile. Vielleicht habe ich mich ja doch getäuscht."

Da sie längere Zeit unterwegs waren, dennoch keiner Menschenseele begegnet, keine Siedlung oder ähnliches beobachtet hatten, war ihr erster Gedanke, dass wiederum Piraten an Land gekommen sein könnten und ihre Unterkunft zufällig entdeckt haben könnten.

Ich war bis zum Eingang der Höhle geschwebt und sah, was sich dort abspielte. Zamir hatte sich nicht getäuscht, es war jemand dort. Ich hätte ihnen verraten können, was vor sich ging, doch durfte ich ja nicht in die Geschichte eingreifen. Ich musste es den beiden überlassen genau die Entscheidungen zu treffen, die sie damals, vor einpaar hundert Jahren, getroffen hatten.

Nach einer Weile schlichen sie sich dann doch vorsichtig etwas näher heran. Nun hockten sie im Gebüsch, nur noch einige Meter vom Eingang entfernt und horchten.

„Wer es auch sei, es sind jedenfalls keine Piraten", meinte Zamir erleichtert.

„Du hast recht! Das sind Frauen, die man da hört."

„Genau …, nur müssten wir noch herausfinden, wie viele es sind, bevor wir etwas unternehmen."

„Wenns nur zwei wären, und zwei sind es auf jeden Fall, dann könnten wir sie leicht überrumpeln."

„Was machen wir …, angreifen?"

„Es bleibt uns wohl nichts anders übrig, wenn wir unser Heim zurückerobern wollen."

„Vergiss nicht, dass wir noch zwei neue Bogen und Pfeile in der Höhle hatten, und damit wäre unser Gegner auch bewaffnet!"

Der Zugang zur Höhle war nicht sehr breit, und sie wussten auch, dass keine weitere Öffnung existierte. Somit bestand schon mal nicht die Gefahr, dass mehr als zwei Gegner ihnen gleichzeitig entgegentreten konnten. Dennoch bereiteten sie sich auf einen mehr oder weniger heftigen Gegenangriff vor.

Das leutselige Geschwätz im Inneren der Bleibe verklang schlagartig als die beiden Hausbesitzer plötzlich mit gespanntem Bogen und Piratensäbel, laut schreiend den Eingang versperrten. Der erwartete Gegenangriff blieb jedoch aus, dafür kam den beiden ein um gnadenflehendes Gekreische entgegen und mehrere, im Halbdunkel kaum erkennbare Gestalten, verkrochen sich entsetzt im äußersten Winkel der Höhle.

Zamir und Tarita sahen sich einen Augenblick verwundert an. Dann erst senkten sie vorsichtig ihre Waffen und machten langsam, trotz allem immer noch behutsam, einige Schritte weiter voran in die Höhle hinein. Als auch sie nun im Halbdunkel standen, erkannten sie vier junge Frauen, deren Allgemeinzustand sie an ihre eigene Situation, vor einigen Monaten erinnerte.

Die erschrockenen und verängstigten Frauen, die regelrecht in der Falle hockten, glaubten angesichts der beiden Kreaturen mit tiefbrauner Hautfarbe, und nur mit einem Schurzfell bekleidet, nun von wilden Einheimischen gefangen zu sein. Sie ahnten noch nicht, dass sie letztendlich, nur Ihresgleichen gegenüberstanden.

Erst als Zamir fragte: „Wer seit ihr ..., was macht ihr in unserer Höhle?", stellte sich heraus, dass die scheinbar Wilden, ihre eigene Muttersprache redeten, und die brisante Lage lockerte sich bereits achtsam. Dennoch waren sich die Eindringlinge dessen bewusst, dass sie sich anscheinend, fremdes Eigentum angeeignet hatten. Daher waren Sie immer noch nicht sicher, ob es nicht doch noch zu Handgreiflichkeiten kommen könnte. Wenn auch in der Überzahl, fühlten sie sich kaum in der Lage einen Angriff abzuwehren. So flehten sie demütig um Vergebung und begannen ihr Abenteuer zu schildern.

Ich vernahm noch einiges, worüber ich bereits im Buch gelesen hatte. Es waren eindeutig die vier Frauen, die den Piraten entkommen waren.

Es lag nun wohl auf der Hand, dass die Gefangenen nicht von den Mädels befreit worden, wie ich vermutet hatte. Jedoch ich vernahm noch, dass es ein Unbekannter, ein Mann gewesen sei, welcher plötzlich aus dem Dunkel aufgetaucht, ihre Fesseln gelöst habe, und dann auch wieder verschwunden sei …

Darauf saß ich wieder hellwach im Leseraum.

17

Mein Urlaub auf der Insel ging nun rasant dem Ende zu. Am Freitag, zwei Tage vor meiner Abreise setzte mich Robert am Morgen zum letzten mal an der Bibliothek ab. Nur noch bis zur Mittagspause. Er selbst hatte, einpaar Tage Urlaub beantragt, denn mein Abschied musste noch gebührend gefeiert werden. Außerdem stand noch ein letzter Besuch bei unserem Freund Obadhia im Raum.

Obwohl wir einen genauen Zeitplan für die bleibenden Tage ausgearbeitet hatten, konnten wir unvorhersehbares nicht ausschließen. Da Robert seinen Dienstwagen nicht zur Verfügung hatte, konnten wir uns nur auf die wohlwollenden Dienste unseres alten „Morris Bef" verlassen.

Bevor ich die letzten Stufen der Treppe zur Bibliothek bezwungen hatte, öffnete sich bereits die Tür und der Alte begrüßte mich mit einem breiten Lächeln. Er schüttelte mir die Hand, so wie er es zu Beginn unser Begegnungen öfters getan hatte.

„Kommen Sie …, ziehen wir uns in den Leseraum zurück."

Indem wir so, Seite an Seite, voranschritten, meinte er: „Dies wird wohl unser letztes Treffen sein, zumindest in diesem Ihrem Leben."

„Wie meinen Sie das, in diesem meinem Leben?"

„Nun, Vielleicht wird das, was ich Ihnen versuchen werde zu erklären, etwas kompliziert, gar unglaublich erscheinen.

Ich werde heute noch den Rückweg antreten, dorthin von wo ich hehr gekommen bin. Sollten Sie eines Tages diese Bibliothek betreten, dann würden Sie, wie alle Andern, nur noch den bekannten jungen Angestellten hier antreffen."

„Wir hatten vermutet, dass Sie und er, die gleiche Person sein könnte."

„Euere Vermutung deutete zwar in die gute Richtung, nur war es doch nicht ganz so, wie Ihr dachtet.

„Wir hatten es zwar geahnt, konnten uns aber nicht erklären, wie dies möglich sein könnte."

„So wie ich Sie in der kurzen Zeit kennengelernt habe, haben Sie sich auch bestimmt schon mal die Frage gestellt, ob wir nicht doch, nach unserem Ableben, auf irgendeine Art ein neues Leben beginnen."

„Könnte sein …, wahrscheinlich haben die meisten Menschen sich, wenn auch im geheimen, diese Frage schon einmal im Leben gestellt."

„Wenn ich mich recht erinnere, haben wir vor Kurzem bereits dieses Problem besprochen. Ich habe den Eindruck, dass Sie meine damalige Erklärung nicht so ganz, oder irgendwie falsch verstanden haben.

Als komplett neuer Mensch? Auf diese Frage lautet meine Antwort definitiv: nein! Allerdings, wenn auch unser Organismus zerfällt und sich in seine Grundbestandteile auflöst, diese können allerdings von Kleinstlebewesen aufgenommen werden und so weiterleben. Aber ein neuer Mensch wird wohl kaum daraus entstehen."

„Und was ist mit dem Geist? Meiner Ansicht nach ist unser „Geist" nur das, was unser Hirn hervorruft und wenn das Hirn aufhört zu arbeiten, sind wir tot. So stelle ich mir das vor."

„Denken Sie …! Ist aber nur eine typisch Menschliche Ansicht. Und somit kommen wir zu der Antwort auf die Frage: „Wie ist es möglich, dass wir beide Bibliothekare ein und dieselbe Person sein können?"".

„Da bin ich aber mal gespannt wie Sie das erklären wollen!"

„Sie wären sicherlich überrascht, wenn Sie wüssten wie viele Ihrer Bekannte, ihre zweite Existenz durchleben. Allerdings sind die Meisten sich dessen gar nicht bewusst. Andere hingegen beteuern, einen Ort zu erkennen, wo sie früher einmal gelebt haben wollen, oder an eine Persönlichkeit, die sie damals waren. Nur glaubt man ihnen nicht.

Sollten Sie eines Tages mit dem jüngeren Bibliothekar ins Gespräch kommen, wäre es überflüssig ihn mit der Situation zu konfrontieren, denn er kann sich nicht an ein früheres Leben erinnern."

„Ihre Erklärung scheint mir plausibel und unterstreicht die Resultate einiger Nachforschungen diesbezüglich. Jedoch eindeutige Beweise konnte man bislang nicht erbringen."

„Nun haben Sie zumindest einen eindeutigen Beweis. Leider wird man Ihnen auch nicht glauben, denn auch Sie haben keine greifbare Bestätigung."

„Aber was ist mit Ihrem Buch, vielleicht könnte man damit eine handfeste Bescheinigung schaffen?"

„Kommen wir zum Buch. Leider sind Sie der einzige lebende der diese Schriften noch ein einziges mal in den Händen hielt, denn diese existieren seit langem nicht mehr. Ich habe Ihnen mein Werk vor Augen gebracht und Sie in die Vergangenheit geschickt, damit Sie eine neue, ausführlichere Auflage verfassen können. Ich hoffe doch sehr, dass Sie diesen Auftrag annehmen."

„Selbstverständlich …! Es ist mir eine große Ehre …!"

Ich wollte noch einige Worte des Dankes hinzufügen, doch diese blieben mir regelrecht im Halse stecken. Außerdem ließ er mir nicht die Zeit, eine angemessene Formulierung zu finden. Ich musste mehrmals tief einatmen, als er mir kurz in die Augen sah.

„Schon gut mein Freund, schon gut." Sagte er ruhig. Dann fuhr er gleich fort:

„Noch habe ich Ihnen nicht alles gesagt. Bevor wir uns für immer, sozusagen ablösen, möchte ich Ihnen noch einiges mit auf den Weg geben, was Ihnen behilflich sein könnte.

Nach dem Schiffbruch habe ich fast drei Jahre auf der Insel gelebt. Bis eines Tages ein Frachtschiff dort drüben in der Bucht ankerte. Ich beobachtete die Mannschaft, die von Bord ging, und stellte fest, dass es nur Landsleute sein konnten. Es war in der Tat ein französisches Frachtschiff. Sie nahmen mich an Bord. So kam ich endlich in die Heimat zurück. Ein Jahr später begann ich, meine Erlebnisse auf der Insel niederzuschreiben.

Am Tage meines Hinscheidens aus dieser Welt vermachte ich mein Buch an meinen Neffen. Einige Jahre waren vergangen. Als die Franzosen ihre Herrschaft auf Mauritius antraten, wanderten viele aus, um ein neues Leben hier auf der Insel zu beginnen. Unter jenen befand sich auch mein Neffe mit seiner kleinen Familie.

Eigentlich war ich eher ein Weltenbummler als ein Schriftsteller. Außer einigen Notizen, die ich während meiner Reisen niedergeschrieben hatte, die aber irgendwie, irgendwann abhandengekommen sind, war dies das einzige voluminösere Schriftstück, das ich je verfasst habe.

Hiermit glaube ich, mein Freund, habe ich Ihnen Ihre Gedankengänge bestätigt. Es tut mir leid, wenn ich Sie zu einem gewissen Zeitpunkt etwas in die Irre geführt habe. Meine Absicht war keinesfalls bösartig. Es freut mich, dass Sie das Geheimnis des Schreibers aus eigener Kraft gelüftet haben, und dies trotz meiner kleinen Hindernisse, die ich Ihnen dann und wann in den Weg gelegt habe.

Nun hatte ich endlich die Gewissheit, dass er selbst der mysteriöse Autor war und nicht irgendeiner seiner Vorfahren, den er August Chartain nannte.

Darauf erhob er sich, nahm sein Buch in die Hand und drückte es an sich. So wie er mir in diesen Augenblicken gegenüberstand, ähnelte seine Gestallt, der des Moses, mit seinen Schrifttafeln auf dem Berge Sinai.

„Sie waren und bleiben für immer ein bedeutender Mann! Ich danke Ihnen von ganzem Herzen für alles was Sie mich gelehrt und befähigt haben."

Während ich noch redete, begann seine Gestalt, mit einem breiten Lächeln in den Zügen, langsam ins Nichts zu verschwinden.

Nun stand ich alleine im Leseraum, ich schaute mich noch einmal um, rückte die beiden Stühle zurecht, dann ging ich hinaus. Kaum war ich im Vorraum und begab mich dem Ausgang zu, kam der junge Bibliothekar auf mich zu. Er konnte nicht übersehen haben, dass ich aus dem Leseraum kam, eine Räumlichkeit, die für alltägliche Besucher nicht zugänglich war. Ich war darauf gefasst, dass er mich bezüglich meiner Anwesenheit ansprechen würde, doch er begrüßte mich freundlich und sagte nur:

„Ich hoffe doch, dass Sie gefunden haben, was Sie suchten? Es würde mich freuen, Sie bald wieder begrüßen zu dürfen."

Ich bedankte mich und konnte ohne weitere Nachfragen seinerseits, das Gebäude verlassen.

Draußen angekommen schaute ich auf die Uhr und stellte fest, dass es erst elf Uhr war. Bis Robert vorbei kam, hatte ich fast eine Stunde Wartezeit vor mir. Ich überlegte, wie ich die Zeit wohl überbrücken könnte. Während ich mich etwas im Park umschaute, kam mir der Gedanke, dass dies eine passende Gelegenheit wäre, doch noch eine Runde durch das „Naturwissenschaftliche Museum" im Rez-de-Chaussée des Gebäudes, zu schlendern.

So ging ich wieder hinein. Zu Begin meiner Ferien war ich schon einmal mit Sylvie und Robert dort gewesen, doch dachte ich, vielleicht noch einiges zu entdecken, was ich damals übersehen hatte und so ging die knappe Stunde wie im Fluge vorbei.

Als Robert aufkreuzte, stand ich bereits am Straßenrand. Er staunte mich dort zu sehen, denn bislang war er immer nach oben gekommen.

„Haben sie dich rausgeschmissen?", fragte er grinsend.

„Nein absolut nicht! Aber die Sache ist nun endgültig abgeschlossen, seit einer Stunde bereits. Er ist weg!"

„Wieso, er ist weg?"

„Er hat mir noch einiges erklärt, dann haben wir uns verabschiedet und er hat sich langsam in nichts aufgelöst."

„Wow ...! Und er kommt nicht mehr zurück?"

„Nein ..., es ist endgültig vorbei! Aber es ist so, wie wir dachten: er ist der junge Bibliothekar! Das erkläre ich dir noch bei Gelegenheit, bevor ich abreise."

Zu Tisch, auch in Sylvies Anwesenheit, meinte Robert:

„Weißt du was ...? Wir haben ja nun beide frei, wir hohlen uns den „Bef", bringen meinen Wagen zum Office und dann fahren wir heute Nachmittag zu Obadhia. Dein Flieger ist ja für Sonntagabend vorgesehen, dann können wir Morgen Vormittag deine Abschiedsfeier mit den Freunden für Morgen Nachmittag vorbereiten. Was meinst du?"

„OK, alles klar!"

„Sylvie sage doch auch mal was."

„Was denn ...? Mir soll's recht sein, nur lasst mich nicht alleine mit den Vorbereitungen, sonst könntet ihr Pech haben!"

„Mach dir mal keine Sorge, wir werden das Kind schon schaukeln!"

„Na schön, macht, was ihr wollt, aber wie gesagt ..."

Wenig später, bewaffnet mit einpaar Liter Benzin, tauchten wir bei Roberts Freund auf. Allem Anschein nach hatte er uns bereits von Weitem erspäht. Während wir uns seiner Behausung näherten, rief er uns durchs offene Küchenfenster zu: „Ihr wisst ja, wo er steht, ich bin gerade beschäftigt ..., und dann kurbelt mal fleißig, die Batterie ist wahrscheinlich leer!"

So ganz platt war sie doch noch nicht, wenn der Starter auch nur noch „klack klack" machte, nach einpaar Kurbelumdrehungen, begann unsere Benzinkutsche fröhlich an zurattern.

Eine knappe Stunde später, nachdem wir Roberts Dienstfahrzeug abgeliefert hatten, bremsten wir vor Obadhias Anwesen.

Gespannt, wie er uns wohl empfangen würde, nahmen wir den Pfad durchs Unterholz in Richtung Behausung. Als wir aus dem Gebüsch heraustraten, sahen wir ihn gleich oben auf der Wiese bei seinen Ziegen. Wahrscheinlich hatte er unsere Stimmen vernommen. Er stand da und schaute in unsere Richtung, nur einen Augenblick, dann hatte er uns erkannt. Mit erhobenen Armen kam er uns entgegen: „Willkommen meine Freunde!", rief er uns von weitem zu.

Jedenfalls schien unser, zum zweiten Mal unangemeldeter Besuch nicht ungelegen, wie ich zumindest befürchtet hatte.

Nach einer freundlichen Begrüßung wurden wir ins Haus gebeten. Auch dort wurden wir von Frau Obadhia aufmerksam empfangen.

Währenddem der Hausherr uns bat doch platz zu nehmen, eilte die Hausherrin bereits mit der unentbehrlichen Flasche „Klarem" und Gläser herbei. Darauf verzog sie sich wieder in ihr Nebenan.

Obadhia schien bedrückt, als er von meiner bevorstehenden Abreise erfuhr. Daraufhin begann ich, ihm die Ergebnisse meiner Nachforschungen zu unterbreiten. Damit er auch alles, was ich erzählte, genau verstand, übersetzte Robert zeitgleich meine Worte in Kreole.

Er war ganz Ohr und so in die erzählten Geschehnisse vertieft, dass er nicht bemerkt hatte, wie seine Gattin sich still und leise genähert hatte. Sie musste wohl unser Gespräch im Nebenraum mit verfolgt haben und stand nun sogar ganz in seiner Nähe.

Langsam wurde sie sich dessen bewusst, dass sie ihren so gutmütigen Lebensgefährten die ganze Zeit, zu unrecht mit, "schwachsinniger Träumer ...", beschimpft hatte. Ich bemerkte in ihren Zügen, dass sie zutiefst betroffen war. Dann legte sie ihm zärtlich ihre Hand auf die Schulter und flüsterte: „Es tut mir so leid!" Er wandte sich erschrocken um, denn erst als er ihre Hand spürte, erkannte er ihre Anwesenheit. Sodann beklopfte er sanft ihre Hand und erwiderte: „Schon gut, schon gut! Ich war ja auch in letzter Zeit manchmal unerträglich mit meinen Geschichten."

Während dieser Versöhnungsscene unterbrachen wir höflich unsere Berichterstattung. Nachdem sich die Lage wieder beruhigt hatte, kamen wir sowieso langem zu den Schlussfolgerungen. Wir unterhielten uns noch eine Weile über dies und jenes, dann mussten wir uns verabschieden, denn wir hatten ja noch einiges zu erledigen.

Ich hatte den Eindruck, dass der Abschied uns allen irgendwie an die Nieren ging, doch wir konnten meine Abreise nicht hinauszögern.

Es war inzwischen später geworden als vorgesehen, sogar reichlich später.

Als wir zu Hause eintrafen, schien die Luft sich dort etwas verdichtet zu haben im Laufe des Nachmittags. Sylvie hatte bereits einiges vorbereitet, doch es fehlten noch Zutaten für die Häppchen, dort unten „Gadjaks" genannt. Und Robert stellte fest, dass die Getränke wohl auch nicht ausreichen könnten.

Bei Sylvie lagen die Nerven blank!

„Da auf dem Tisch liegt eine Liste mit allem, was noch fehlt! Schnappt euch die und verschwindet! Ich will euch nicht mehr hier sehen, solange das nicht alles hier ist!"

„Mach dir mal keine Sorge!" Sagte Robert gelassen.

„Ja ja …, wir werden das Kind schon schaukeln! Hab ich das nicht vor Kurzem schon mal gehört? Verschwindet!!!"

Donnerte sie, indem sie aufgeregte hin und hehr lief.

Glücklicherweise fanden wir alles das, was auf der Liste stand in einem kleinen „Bazar" nicht zu weit entfernt. Wir mussten jedoch feststellen, dass unserem „Bef" auch so langsam das Getränk ausging. Robert kannte auf unserem Rückweg eine kleine „Boutique" am Straßenrand gelegen, wo man Benzin in kleinen Mengen kaufen konnte. Tankstellen so, wie wir sie in Europa kennen, gab es in den Achtzigern auf Mauritius nur wenige und nur in den größeren Ortschaften.

Vor einer kleinen Behausung saßen drei Männer an einem Tisch und spielten Karte. Robert hielt an und rief den Dreien durch die nicht vorhandene Seitenscheibe zu:

„Hast du noch ein Galon Sprit für uns?", und prompt kam auch schon die Rückfrage: „Hast du einpaar Rupien dabei?" „Alles klar!" „Dann kommt, setzt euch einpaar Minuten zu uns, ich schau mal nach, was ich noch da hab."

Wir stiegen aus, da wir ja ohnehin nachfüllen mussten.

Doch Robert meinte: „Mit hinsetzen ist heute nichts, wir sind in Eile!"

„Ach du lieber Himmel …, keine Zeit! Da läuft doch was?"

„Nix da! Die Frau wartet auf die Einkäufe! Nun mach schon!"

„Sagtest du nicht gerade „die Frau"?

Darauf erhob er sich gemütlich und schlenderte in seinen Laden hinein. Als er wieder hervor kam, übergab er Robert einen zu drei viertel gefüllten fünf Liter Kanister.

„Ist sogar etwas mehr!", meinte er.

„Na ja …, lassen wir das mal so stehen." Sagte Robert.

Währenddem wir die Flüssigkeit in den Tank füllten, näherte er sich wieder und meinte:

„Sagtest du nicht vorhin: Frau? Ihr seit doch zwei, wenn ich richtig sehe? Ich meine, da läuft doch was, oder? Na ja, lassen wir das auch mal so stehen! Ist ja euer Problem."

Robert zahlte und wir erreichten unser Heim wenig später. Damit war es jedoch nicht getan, denn dann mussten wir uns auch an den Vorbereitungen beteiligen. Es war spät geworden und wir beschlossen endlich die restlichen Kleinigkeiten am Vormittag zu absolvieren.

Am nächsten Morgen stellten wir noch alle auffindbaren, als Tisch und Sitzgelegenheit verwendbares im Vorgarten auf, denn wir erwarteten allenfalls mehr Gäste als nur die, offiziell eingeladenen.

Es war kurz nach Mittag als die ersten bereits anrückten. Im Laufe des Nachmittags vermehrte sich dann nach und nach die Gesellschaft. Ich persönlich kannte erst einmal nur einige, doch die mir Fremden wurden behände auch zu Bekannten und Freunde.

Zunächst verlief noch alles verhältnismäßig in Ruhe und Ordnung. Als dann eine kleine Gruppe mit Guitarren, Rasseln und sonst heimischen Instrumenten auftauchte, wurde es geräuschvoller. Diejenigen, die bereits einige Gläschen intus hatten, begannen zu singen und zu tanzen. So steigerte sich rasch die fröhliche Gesellschaft in ein wildes Durcheinander von Gesang und Gekreische.

Erst zu später Stunde wurde es gemächlich wieder still.

18

eine Rückflugbestätigung hatte ich bereits vor der Abschiedsfeier registriert und erfahren, dass ich nicht mit einer „Air France" Maschine, sondern mit der „Lufthansa" über München nach Paris heimreisen würde.

Dann kam der Tag meiner Abreise. Die Feierlichkeiten am Vortage, die sich bis weit in die Nacht hinein ausgedehnt hatten, störten Einigen noch beachtlich die Sinne. Es standen noch verlassene Fahrzeuge am Wegrand, deren Eigentümer es scheinbar nicht einmal mehr bis dort geschafft hatten. Robert meinte: „Vielleicht haben Andere sie nach Hause gebracht." Doch gegen Mittag begann es in den Büschen um Roberts Rasen herum, zu rascheln, und dann, zeitlich verzögert, krochen hier und da, diverse Jammergestalten hervor.

Im Laufe des Nachmittags normalisierte sich wieder langsam die Situation und man begann, die Abfahrt vorzubereiten.

Am Spätnachmittag war es dann so weit. Wenn bei meiner Ankunft nur Robert und drei seiner Freunde mich erwarteten, so setzte sich an diesem Tag ein regelrechter Geleitzug Richtung Flughafen in Bewegung.

Glücklicherweise waren wir vorzeitig zur Stelle, denn die Umarmungen und Abschiedskommentare nahmen kein Ende. Ich musste sogar hoch und heilig versprechen im nächsten Jahr meinen Urlaub, wieder auf Mauritius zu verbringen.

Check-in und alles Weitere verlief reibungslos, dann, wenig später saß ich endlich im Flugzeug. Um mich herum war es nun auch ruhiger geworden. Ich sehnte mich nur danach, ein Nickerchen zu machen.

Es war bereits dunkel geworden, als die Maschine endlich in Richtung München abhob. Ich hatte wieder einen Platz an einem Fenster ergattert und sah noch, wie die Lichter von Mauritius immer kleiner wurden und dann gänzlich in der Dunkelheit verschwanden.

Es war der gleiche Flugzeugtyp wie damals bei der Hinreise. Auch die Freundlichkeit und Hilfsbereitschaft der Flugbegleiterinnen war, die ihrer französischen Kolleginnen gleich, nur prangte auf ihren Uniformen das Logo der Lufthansa.

Nach der Malzeit machte ich es mir gemütlich, ausgelaugt wie nur selten, muss ich auch wohl rapide in den Tiefschlaf versunken sein.

Ich erwachte jählings wie aus einem Albtraum, doch, so glaubte ich zumindest, hatte ich gar nicht geträumt. Ich fühlte mich lediglich etwas benommen. Ohne mich umzusehen, warf ich zunächst einen flüchtigen Blick nach draußen. Ich traute meinen Augen nicht! Träumte ich nun mit offenen Augen?

Ich sah genau das gleiche Bild wie vor einem Monat bei der Hinreise.

Der junge Mann neben mir schien noch zu schlafen. Als ich mich zurücklehnte und ihm einen entwichenen Blick zuwarf, erkannte ich ihn sogleich: es war mit Sicherheit der Passagier, der auch damals auf diesem Platz gesessen hatte. Verwirrt saß ich da und starrte ins lehre. Meine Gedanken überschlugen sich. Das konnte doch nicht die Wirklichkeit sein!

Eine Flugbegleiterin hatte scheinbar im Vorbeigehen meine kuriose Allüre bemerkt. Achtsam, meinen Sitznachbar nicht zu wecken, beugte sie sich mir zu und fragte leise: „Ist alles in Ordnung?" Ich bejahte mit einem freundlichen Lächeln und nickte nur. Ich hatte beinahe den Eindruck, dass sie, in dieser Haltung, mir das Logo der „Air France" auf ihrem Käppi, bewusst, gewissermaßen, unter die Nase hielt.

Es wurde mir endgültig klar, dass ich mich in der gleichen Maschine wie damals befand. Auch diese freundliche Dame kam mir bekannt vor. In meiner Gedankenfolge kam ich jedoch zu der Erkenntnis, dass wir in der Zwischenzeit keinesfalls kehrtgemacht haben konnten. Ich befand mich ja nicht mehr im gleichen Flugzeug und auch nicht mehr in der gleichen Sitzreihe, wie am Abend beim Take-off. Bei genaueren überprüfen der Sachlage, stellte ich sogar fest, dass ich genau an dem Platz saß, an dem ich beim Hinflug gesessen hatte.

So andächtig ich mich auch bemühte, ich konnte mir nicht erklären, wann und was geschehen sein könnte.

Jedenfalls konnte ich mich immer noch nicht mit dem Gedanken abfinden, dass ich meinen gesamten Urlaub, in dieser einen Nacht, zwischen Marseille und Nairobi, geträumt haben könnte. Wenn auch manchmal ein Traum fast unglaublich real empfunden werden kann, war ich mir dessen ungeachtet, zu dem Zeitpunkt, immer noch nicht sicher, dass meine Erlebnisse auf Mauritius nur ein Traum gewesen sein könnte.

Ich befand mich in einem Zustand äußerster Anspannung und Ungeduld. Würden Robert und seine Freunde mich auch ein zweites Mal in Empfang nehmen? Oder erwartete mich diesmal das sogenannte blaue Wunder?

Auf „La Reunion" verlief alles normal, genau wie beim ersten Mal. Wenn ich nur geträumt hätte und noch nie an diesem Flughafen gewesen wäre, wieso könnte ich mich dann an den genauen Verlauf der Dinge erinnern? Desgleichen geschah beim Anflug auf Mauritius. Ich erkannte die Flughafengebäude, obwohl ich diese eigentlich ja noch nie gesehen hatte. Auch alles andere kam mir so bekannt vor. Doch im Terminal angekommen, sah ich Robert nicht gleich. Während ich mich nach ihm umschaute, verblassten die Bilder langsam vor meinen Augen. Das Stimmengewirr und die bekannten Geräusche in der Halle verschmolzen langsam mit dem dumpfen Rauschen im Flugzeug. Ich wachte auf!

Die Flugbegleiterinnen begannen, das Frühstück aufzuwarten. Ich hörte wie sie hier und da fragten: „Haben Sie gut geschlafen …? In einer knappen Stunde werden wir in München landen." Dann erst sah ich den aufsteigenden Schwan, das Logo der Lufthansa auf ihren Uniformen.

Ich war mir nun sicher, dass ich jetzt auf der Rückreise war. Ich stellte meine Uhr nun wieder auf die Mitteleuropäische Zeit ein und genoss anschließend in Ruhe mein Frühstück.

EPILOG

Mein Urlaub auf Mauritius liegt nun bereits einige Jahre zurück. Mein Versprechen, im darauf folgenden Jahr zurückzukehren, konnte ich leider nicht halten. Was die Zukunft uns beschert, können wir nicht immer beeinflussen. Doch die Zeit, die ich dort verbrachte, die Freunde die ich dort kennenlernte, und vor allem meine Erlebnisse auf dieser Insel, werde ich nie vergessen!

In geruhsamen Momenten tauchen immer wieder noch Bilder aus jener Zeit in meiner Erinnerungsfähigkeit auf. Aber und abermals taucht der alte Bibliothekar vor mir auf, so klar und deutlich als stünde er wieder vor mir. Jedes Mal weist sein Finger auf das Buch, das er in den Händen hält, so als wolle er mich an unser Abkommen erinnern.

Nun habe ich mit dieser Geschichte, ich hoffe es zumindest, seinem Auftrag Genüge getan. Ruhe er ab jetzt in Frieden!

H.Voosen

Zeitfracht Medien GmbH
Ferdinand-Jühlke-Straße 7
99095 Erfurt, Deutschland
produktsicherheit@kolibri360.de